크

태양의 아이,

리

그
ㅡ
려

태양의 아이,

일요 지음

다른

차례

1부

✷

생츄어리

01

수면 시간을 알리는 사이렌이 뚝 그치자 뒤이어 분리정책 선전 노래가 생츄어리 전체에 울려 퍼졌다.

"분리정책이 우리를 지킵니다. 각자의 자리를 지켜요. 생명을 지켜요. 태양은 잠복체를 죽여요. The sun kills the carrier."

보호구역이자 잠복체 수용소인 생츄어리에 사는 사람들, 즉 모든 잠복체는 취침 전 점호를 앞두고 자신의 수면반 옆에 차렷 자세로 서 있었다. 수면반은 잠복체의 침대였다.

크리도 예외 없이 수면반 옆에 서 있었다. 크리의 오른쪽 수면반에는 크리보다 몸집이 두 배쯤 큰 할리 아줌마가 있었다. 아줌마는 'The sun kills the carrier'라는 훅 가사에 맞춰 어깨를 살짝 우쭐우쭐했다.

"아줌마, 제발······."

크리는 할리 아줌마를 보며 고개를 가로저었다. 지상에 사는 건강체들이 태양을 독차지하려고 지은 노래였기 때문이다. 이 사실을 크리에게 알려 준 것은 할리 아줌마였다.

"잠복체를 땅속에 가둔 놈들이 만든 노래잖아. 우리를 세뇌하려는 노래인 걸 알면서!"

크리가 조용히 소리쳤다. 아줌마는 움찔하더니 리듬 타기를 멈추었다. 버릇 없이 구는 크리에게 화를 낼 법도 하건만 아줌마는 씩 웃고 말뿐이었다.

"미안, 미안, 크리. 머리는 아는데 몸이 반응하는 건 어쩔 수 없네. 내 핏속에는 리듬이 흐르거든. 너도 알다시피 생츄어리에서 리듬 탈 일이 자주 있는 건 아니잖니."

그래도 크리는 할리 아줌마가 곁에 있음에 늘 감사했다. 아줌마가 없었다면 이곳에서의 삶은 훨씬 더 견디기 힘들었을 것이다. 부모가 누구인지 기억하지 못하는 크리를 이 살벌한 수용소에서 돌봐 준 것은 할리 아줌마였다.

크리는 엄마, 아빠라는 말의 뜻도 알고, 그것이 없어서 사람들이 자기를 고아라고 부르는 것도 알았다. 하지만 생츄어리에서 가족과 함께 사는 잠복체는 드물었다. 진짜 가족은 아니지만 크리에게는 할리 아줌마가 있었다. 크리는 그것으로 충분했다.

노래가 끝나자 모니터에 선전 영상이 재생되었다. 선전 영상에 늘 나오는 건강체인 양복을 입은 남자가 나타났다. 그는 자기를 프레지덩이라고 소개했다. 이번 영상에는 크리 또래로 보이는 남자아이와 젊은 여자도 함께였다.

"세계정부는 여러분을 보호합니다. 각자의 자리를 지킨다면 모두가 안전합니다."

프레지덩이 말했다. 그의 옆에 선 두 사람, 특히 남자아이는 누가 보아도 억지스러운 미소를 짓고 있었다. 웃는 것인지 우는 것인지 모를 표정이었다. 크리는 그런 남자아이를 유심히 보았다. 또래를 거의 만나 보지 못한 데다 남자아이의 얼굴이 창백할 정도로 새하얬기 때문이다.

'쟤는 햇빛도 원 없이 쬘 텐데 왜 저렇게 창백하지? 하얗다 못해서 파래질 지경이네. 파래지면 그 멋진 옷도 빼앗기고 여기 생츄어리에서 지내야 할 거다.'

크리는 남자아이가 꽤 귀엽다고 생각했다. 반면 프레지덩을 보면서는 저주의 말이 튀어나왔다. 생츄어리의 잠복체들은 모두 그가 나올 때마다 마귀 같은 놈이라며 아주 작은 소리로 욕을 해댔다.

"우리를 지하에 가둔 게 바로 세계정부 놈들이야. 그중에서도 저 놈이 제일 악질이야."

할리 아줌마는 프레지덩을 가리켜 이렇게 말하기도 했다. 크리는 생각했다. 저 남자아이와 젊은 여자도 어쩌면 포로나 노예일지도 모른다고. 지상에서 건강체로 산다고 해도 누군가의 노예라면 생츄어리에 갇혀 사는 삶과 별반 다르지 않을 것이었다. 크리는 이런 저런 상상을 하면서 깨어 있는 시간을 버텼다.

점호가 끝나고 수면 시간을 알리는 사이렌이 울리자 잠복체들은 수면반에 올라가 누웠다. 금속으로 된 수면반에 피부가 닿자 크리는 머리끝부터 발끝까지 솜털이 쭈볏 섰다. 크리는 얇디얇은 이불을 덮어썼다. 냉기를 빨리 떨치려면 이불을 얼굴까지 덮어야 했다. 크리가 터득한 생활의 기술이었다. 어차피 수면유도기를 머리에 쓰면 일 분도 안 돼 곯아떨어지겠지만 말이다.

"크리, 멋진 꿈 꿔."

크리가 이 시간을 싫어한다는 것을 아는 할리 아줌마는 무심한 척 한마디를 툭 던졌다. 크리뿐만이 아니었다. 잠복체들은 수면반에서 강제 수면에 들 때마다 죽음의 공포를 느꼈다. 낮밤이 바뀌어 사는 것이 잠복체의 운명이었다. 어느 날 잠에서 깨어나지 못한다 해도 이상할 것이 없었다. 생츄어리는 그런 곳이었다.

"아줌마도 좋은 꿈 꾸든가!"

크리는 일부러 모질게 대꾸하고 다시 이불을 머리끝까지 덮었다.

크리는 얼마 지나지 않아 꿈속으로 빠져들었다. 어제와 같은 꿈이었다.

'또 그 꿈이야.'

크리는 꿈을 꾸면서 자신이 꿈속에 있다는 것을 알았다. 자주 있는 일이었다. 크리가 할리 아줌마에게 이 이야기를 해 주었을 때 아줌마는 몹시 놀랐다.

"꿈을 꾸는데 그게 꿈인 걸 안다고? 난 꿈속에서 물에 빠지면 진짜 죽는 줄 알고 소리까지 질러 대는데. 소리를 하도 질러서 목이 쉴 때도 있어. 역시 크리 넌 특별해. 내 눈은 정확하다니까."

할리 아줌마는 그렇게 말하며 크리의 길고 뻣뻣한 머리카락을 쓰다듬어 주었다. 크리는 아줌마의 손길이 좋았다.

그런데 얼마 전부터는 꿈속에서 아줌마의 손을 잡을 수 없었다. 할리 아줌마의 수면반 쪽으로 손을 뻗지만 아줌마의 존재가 느껴지지 않았다.

크리는 여전히 꿈속이었다. 꿈에서 크리는 모두가 수면 모드인 중에 혼자 깨어 있었다. 크리는 수면반 위에 무릎을 꿇고 앉은 채 몸을 숙여 이마를 무릎에 바짝 붙이고 있었다. 누군가 크리 쪽으로 다가오는 소리가 들렸다. 점차 발소리가 가까워져 왔다. 발소리의 주인은 감시자들이었다. 크리는 꿈에서도 벌을 받을까 봐 두려웠다.

그때 익숙한 목소리가 들려왔다. 수면반의 기계 음성이었다.

"수면반과 정상적으로 연결되지 않았습니다. 수면유도기를 점검하십시오. 수면유도기를 점검하십시오."

감시자들은 수면유도기의 이상을 감지하고 정찰을 나선 것이었다. 크리는 감시자들의 발소리가 너무 크게 들려서 머리가 어지러웠다. 천장이 빙빙 도는 듯했다.

'이러다가 바닥으로 떨어지겠어.'

크리는 자세를 바꾸어 수면반에 엎드렸다. 그리고 숨을 참았다.

'나는 여기 없어. 여기는 비어 있다. 아무도 없다……'

크리는 생각에 집중했다. 생각에 집중할수록 몸이 점점 투명해지고 가벼워졌다. 할리 아줌마가 옆구리를 간질이면서 장난을 칠 때처럼 낄낄거리고 싶었지만, 웃음을 참아야 했다. 크리는 몸을 지우는 일에 집중했다.

감시자들의 발소리가 크리의 수면반 앞에서 멈추었다. 감시자들은 아무 말도 하지 않았지만 크리는 그들이 하는 생각을 읽을 수 있었다. 아니, 그들의 생각이 들렸다.

'어디 갔지?'

'생쥐가 사라졌군.'

크리는 투명해졌고, 감시자들은 크리를 볼 수 없었다. 그들은 크리를 찾아 허둥대다가 그 자리에 그대로 굳어 버렸다.

"여기에는 아무도 없어."

감시자 하나가 말했다. 두 감시자는 곧 크리의 수면반을 지나 사라졌다. 숨을 참고 있던 크리가 그제야 크게 숨을 내쉬었다.

어제까지만 해도 크리는 이 장면에서 꿈에서 깨어났다. 띠디디디 하는 알람 소리가 잠을 깨웠기 때문이다. 그런데 오늘 꿈은 여기서 끝나지 않았다.

크리가 다시 한번 숨을 내쉬려 머리를 드는 순간이었다. 거친 손이 크리의 머리를 짓눌렀다. 누군가 크리의 등에 올라탔고, 움직이지 못하도록 제압했다. 차가운 수면반에 크리의 얼굴과 갈비뼈가 짓이겨졌다. 크리는 꿈이라는 걸 아는데도 의식이 흐릿해지고 숨이 잘 쉬어지지 않았다.

'이러다가 정말 죽겠어. 꿈속에서 죽고 싶지 않아.'

크리는 자기를 내리누르는 사람에게서 벗어나려 안간힘을 썼다.

'보호구역 안에서, 수면반 위에서 죽을 수는 없어. 난 태양을 볼 거야. 죽더라도 태양 아래서 죽겠어.'

크리는 온 힘을 다해 몸을 틀었고, 목청껏 소리를 질렀다.

"꺼져!"

그러자 크리 등에 올라탄 사람의 무게가 점점 가벼워졌다. 크리는 겨우 돌아 누웠다.

"악!"

의기양양했던 크리의 가슴이 펑 하고 터져 버리는 듯했다. 세탁 작업장을 오가며 본 적이 있는, 얼굴만 아는 잠복체 아이였다.

아이는 키가 크리보다 작고 야위어 보였다. 피부색은 어두운 녹색에 가까웠다. 크리는 아이를 볼 때마다 이끼가 떠오르고는 했다. 실제로 이끼를 본 적은 없고 모니터에서 본 것이 전부였지만 말이다.

그 사이 아이는 더 작고 가벼워지더니 깃털처럼 날아가 수면반 아래로 떨어지기 시작했다. 바닥은 비현실적으로 꺼졌고 아이는 멀어지며 점처럼 작아졌다. 크리는 아이를 붙잡으려 팔을 뻗었지만 닿지 않았다.

눈을 번쩍 떴을 때 크리는 얼굴이 온통 눈물로 젖어 있었다. 까닭을 몰랐지만 서러웠고 좀처럼 눈물을 그칠 수 없었다.

"미안해. 구해 주지 못해서."

02

희귀본과 예술품을 보관하는 특별서고. 오 미터가 넘는 천장에서 바닥까지 암막커튼이 드리워져 있었다. 커튼이 미처 가리지 못한 창 너머로 낮 열두 시에 어울리는 햇살이 서고 안쪽까지 깊숙이 들어왔다.

로미는 햇빛을 피해 자리를 잡고 앉았다. 그리고 들고 있던 두꺼운 양장본을 무릎에 펼쳐 놓고 고개를 묻었다. 시력이 약해질 대로 약해진 탓에 전처럼 책을 읽는 것은 불가능했다. 그래도 로미는 책과 두꺼운 양탄자가 모든 소리를 흡수하는 비현실적인 공간, 이곳에 있을 때가 가장 행복했다. 그때 육중한 나무문이 열리는 소리가 났다.

라키바움이었다. 로미는 얼굴을 보지 않고도 라키바움이란 것을 알았다.

"좀 더 있다 가도 되죠, 라키바움?"

로미는 밤에 사탕을 먹겠다고 조르는 아이처럼 말했다. 라키바움에게는 조금쯤 떼를 써도 된다고 느꼈기 때문이다.

"그럼요. 로미 님은 이 도서관의 모든 책을 열람하실 수 있어요. 그걸 모르시지 않을 텐데 매번 허락을 구하시네요. 언제든 편하게 이용하세요."

"그래도 이곳은 라키바움이 책임지고 있으니까요."

라키바움은 로미 옆으로 와 앉았다. 평소 표정 없이 냉랭한 기운을 풍기는 라키바움이 자기 앞에서는 마음이 누그러지고 목소리도 한결 부드러워진다는 것을, 로미는 잘 알고 있었다.

"로미 님은 지나칠 정도로 예의가 바르세요. 프레지덩 님의 후계자로서 마땅한 태도지만 얽매이실 필요는 없습니다. 권력을 적절하게 쓰는 것이 중요할 때가 더 많으니까요."

라키바움의 말이 로미를 자극한 듯했다. 시력을 잃어 가는 로미의 눈망울이 맑고 투명했다.

"전 이곳이 좋아요. 아름다운 것들이 많잖아요."

로미는 태연하게 말머리를 돌렸다.

"참, 예술품은 빛을 조심해야 한다고 했죠? 직사광선이 그림을 해칠 수 있으니 커튼을 쳐 두어야 한다고요."

"그랬죠."

"그래서 여기가 편한가 봐요. 눈이 아프지 않아요. 어두워서……."

"분리정책 선전 노래 가사 중에요. 태양은 잠복체를 죽여요. The sun kills the carrier. 저한테 하는 말 같아요. 태양은 제 눈을 죽여요. 저는 밝은 곳에 어울리지 않아요. 어쩌면 건강체가 아닌가 봐요."

"그만!"

라키바움은 검지손가락을 입에 대고 쉿 하고 소리를 냈다. 특별서고는 라키바움의 개인 공간이고 이곳에 출입할 수 있는 권한은 프레지덩과 로미에게만 있었다. 그렇지만 언제나 조심해야 했다. 모든 벽에는 귀가 있으니까. 라키바움도 살아 있는 기계와 같았다. 보고 듣는 모든 것이 뇌에 메모리로 저장되었기 때문이다. 단순히 기억하는 것과는 다른 방식이었다.

"로미 님은 건강체 일인자의 후계자예요. 자격을 충분히 갖추셨습니다. 후계자 스트레스는 흔한 현상입니다. 잘 이겨내실 수 있도록 제가 도울 겁니다."

"라키바움 말은 제가 스트레스 때문에 눈이 안 보인다는 건가요?"

"……."

"제가 유전적으로 결함이 있다면 어떻게 건강체 일인자의 후계자일 수 있죠?"

로미는 느리게 고개를 저었다.

"잘못된 것 같아요. 모든 것이요."

"유전자결정론은 잘못되지 않았습니다."

라키바움은 목소리를 바꾸어 단호하게 말했다. 로미가 자기연민에 빠져 허우적거리는 것을 두고 볼 수 없었다.

"로미 님에게 시간이 필요할 뿐이에요. 완벽한 지도자란 없으니까요. 인간적 결함은 사람을 더 단단하고 아름답게 만드는 법이랍니다."

"아버지는, 아버지는 완벽하잖아요. 그건 어떻게 설명할 거죠?"

로미는 거의 보이지 않는 눈으로 라키바움을 똑바로 쳐다보았다. 라키바움은 잠시 심각했지만 금세 소리 내어 웃었다.

"그렇죠. 프레지덩 님은 완벽하시죠……."

라키바움은 몸을 기울여 로미의 귀에 대고 속삭였다.

"그렇지만 인간으로서는 불완전하죠. 완벽한 지도자가 없는 것처럼 완벽한 인간도 없습니다."

로미는 라키바움의 말이 농담인지 아닌지 알 수 없었다. 아리송한 표정을 지을 뿐이었다. 한없이 선해 보이는 로미의 얼굴을 바라보며 라키바움은 마음이 힘들었다.

"참, 로미 님, 선전 영상 촬영 시간이 다 되어 가네요. 어서 가야 합니다. 프레지덩 님이 기다리시겠어요."

라키바움은 로미의 팔을 잡아당겨 자리에서 일으켜 세웠다. 그리고 로미의 손을 잡았다. 로미는 가고 싶지 않았지만 억지로 발걸음을 뗐다.

라키바움이 진짜 자신을 아끼고 걱정하는 사람인지, 그저 사무적으로 자신을 받아 주는 것인지 로미는 알 수 없었다. 어떤 날 라키바움은 가져 보지 못한 엄마나 누나 같은 가족처럼 다정했지만, 속마음을 내보이려 할 때면 즉시 선을 그었다. 그래도 로미에게는 라키바움뿐이었다. 로미는 아버지인 프레지덩의 마음에 들고 싶은 것만큼이나 라키바움의 사랑도 받고 싶었다.

"어서 가요, 라키바움."

03

타워의 상층부 프레지덩의 개인 저택인 97층. 접대실로 쓰이는 피치룸에서 라키바움은 프레지덩의 초대를 받아 로미까지 셋이 함께 저녁을 먹고 있었다.

식사를 시작한 지 얼마 되지 않았을 때, 라키바움의 귀에 어떤 목소리가 들려왔다.

"미안해, 미안해."

가늘지만 분명한, 여자아이의 목소리였다. 라키바움은 하마터면 들고 있던 유리잔을 떨어뜨릴 뻔했다. 누군가 귓가에서 말한 것처럼 소리가 가까웠기 때문이다. 라키바움은 주위를 두리번거렸지만 아무도 없었다. 식사 시중을 들던 이들은 모두 물러갔다. 지금 이 홀에는 프레지덩과 로미, 라키바움 세 사람만 있는 것이 분명했다.

라키바움은 마음을 추스르려고 애썼다. 아주 잠깐이었지만 눈치가 빠른 프레지덩이 라키바움이 당황했다는 것을 알아챌 수도 있었다. 다행히 프레지덩은 두툼한 스테이크를 써느라 여념이 없었고, 로미는 음식을 씹는 데 집중하고 있었다.

라키바움은 온몸에 힘이 쭉 빠지며 몸이 바닥으로 꺼질 것 같았다. 식은땀이 나고 숨쉬기가 힘들었다. 그렇지만 프레지덩 앞에서 쓰러질 수는 없었다. 자연스럽게 대화하고 식사를 마치는 것이 최선이었다.

라키바움은 마음속으로 천천히 숫자를 세면서 호흡하기를 반복했다. 숨쉬기가 놀란 가슴을 진정시키는 데 도움이 되는 듯했다.

"요즘 로미는 잘하고 있습니까, 라키바움?"

프레지덩이 로미를 한 번 보았다가 라키바움을 보며 물었다. 프레지덩의 눈빛이 차가웠다. 라키바움은 이 눈빛과 마주할 때마다 소름이 끼쳤다.

"물론 훌륭한 학생이겠지요? 너무 당연한 걸 물었나요?"

프레지덩은 호탕하게 웃었다. 로미와 라키바움은 프레지덩의 웃음에 반응하지 않았다. 두 사람은 도리어 표정이 굳어졌다.

"라키바움이 훌륭한 스승이라는 건 말할 것도 없고, 로미는 그에 어울리는 제자겠지요?"

프레지덩은 라키바움의 답을 기다리지 않고 자신의 목소리로 침묵을 메웠다. 그러고는 짐짓 인자한 아버지의 얼굴로 로미를 바라보았다. 로미는 얼굴을 붉힌 채 접시에 시선을 고정했다.

　무사히 저녁 식사를 마친 라키바움은 개인 서재인 도서관장실로 돌아가는 동안 다리가 후들거렸다. 라키바움은 과거에 자신의 뇌에 기계감응을 찾아내는 프로그램을 연결했다. 자신과 같은 초능력자를 찾겠다는 생각에서였다. 그리고 오늘, 드디어 응답이 왔다. 여자아이의 목소리가 들린 것이다.

　도서관장, 세계정부의 이인자……. 라키바움은 무엇이라고 불려도 '진짜' 자기라는 느낌이 들지 않았다. 그저 역할을 연기하는 무대 위의 배우와 같다고 생각했다. 하지만 그 누구도 라키바움이 연기하고 있다는 사실을 알아채지 못했다.

　라키바움은 사람인 동시에 살아 있는 기계였다. 뇌의 한편이 컴퓨터라고 하는 것이 더 정확할 것이다. 이 거대한 타워의 중앙 컴퓨터 일부가 라키바움의 뇌에 이식되어 있었다.

　중앙 관리실에 있는 중앙컴퓨터는 타워의 심장이었다. 그곳의 컴퓨터와 기계 들이 타워에 있는 모든 기계와 전기장치를 통제했다. 중앙컴퓨터의 가장 중요한 키는 라키바움이 가지고 있었다. 라키바움은 중앙컴퓨터 그 자체였다.

　라키바움은 자신의 의지만으로 타워의 모든 시설과 기기를 끌 수 있었다. 전기는 물론 물과 태양광도 차단할 수 있었다. 이는 다시 말해 사람뿐만 아니라 개미 한 마리, 물 한 방울까지도 타워에

드나들 수 없도록 통제할 수 있다는 뜻이었다. 라키바움이 마음만 먹으면 107층짜리 타워가 스스로 붕괴되도록 할 수도 있었다.

모든 것은 라키바움이 일곱 살이던 어느 날에 시작되었다. 그날 라키바움은 유전자 검사를 통해 기계감응 항목에서 높은 점수를 받았다. 그 이유로 가족과 강제로 헤어져야 했다. 이후 라키바움은 연구 시설에 격리되어 실험 대상이 되었고, 수없이 많은 수술을 받았다. 이제 라키바움은 평범한 아이로 지냈던 때를 사진처럼 기억했다.

원래 라키바움의 이름은 마리였다. 라키바움의 기억 속 꼬마 마리는 엄마의 팔베개를 베고 낮잠을 잤다. 몇 살 터울의 언니도 마리 곁에서 잠들어 있었다. 엄마의 품은 따뜻했다. 라키바움은 아직도 그날의 공기와 엄마에게서 나던 냄새, 언니의 온기와 쌔근쌔근 낮은 숨소리를 기억했다.

세계정부가 마리를 빼앗아 가고 삼 년 뒤 엄마는 세상을 떠났다. 라키바움은 그 사실을 얼마 전에야 알았다. 자신의 뇌에 업로드 된 당시 건강체 인구에 대한 개인정보를 찾아보던 중에 알게 되었다. 기록에 따르면 언니는 유전자 검사 직후 잠복체 판정을 받았다. 이후 타워 지하층에 있는 생츄어리로 이송되어 살다가 오 년 뒤에 사망했다.

생츄어리에서는 자연사하는 비율이 낮았다. 잠복체는 비밀리에 지하 실험실로 옮겨져 강제로 실험당하고 희생되는 경우가 대부분이었다. 물론 공식적으로 기록되지는 않았다.

자신의 머릿속으로 들어온 데이터를 뒤져 그 사실을 알아내던 날, 라키바움은 큰 슬픔에 온몸이 가리가리 찢기는 것처럼 괴로웠다. 그럼에도 그날 라키바움은 프레지덩이 세계정부 각료를 만나는 자리에 동행해야 했다. 옷을 차려 입고 행동거지를 우아하게 하며 웃는 낯으로 프레지덩 곁을 지켜야 했다.

프레지덩은 후계자인 로미와 젊고 아름다운 라키바움과 함께 다니는 것을 좋아했다. 가족'처럼' 보이는 그림을 만들고 싶어 하기 때문이었다. 그래서 세 사람은 자주 함께 카메라 앞에 섰다.

프레지덩은 타워를 넘어 건강체 사회와 세계정부를 모두 자기 발아래 두고자 했다. 그러기 위해 컴퓨터로 분산된 타워의 심장을 라키바움에게 이식했고, 그렇게 만든 인간 열쇠인 라키바움을 자기 곁에 두었다. 타워는 블루Z바이러스에서 살아남은 인류의 상징이자 건강체 사회의 염원이었다. 이런 타워의 운명을 좌지우지하는 열쇠를 만들 생각을 프레지덩이 아니면 누가 할 수 있었을까.

'다 끝내 버리자. 이렇게 사는 것도 지쳤어.'

매일 잠자리에 들며 라키바움은 생각했다. 프레지덩에게 구속된 삶이 익숙해질 만도 했지만 그렇지 않았다. 그래서 디저트를 고르듯이 생을 그만두는 방법을 상상했다. 세상에 복수하듯이 자신이 없는 세상을 상상하면 달콤한 맛이 입안에 퍼지는 듯했다. 간신히 잠이 들고 다음 날 하늘에 떠오른 해를 볼 때면 라키바움은 이렇게 생각했다.

'하루만 더 살아 보자. 나를 이렇게 만든 것이 운명이라면, 그 운명이 내가 할 수 있는 또 다른 일로 이끌어 줄지도 몰라.'

라키바움은 침대에 누웠지만 잠이 오지 않았다. 건강체는 밤에 자야 했다. 저 아래, 까마득한 지하에 감금된 잠복체들은 잠이 들 때 수면유도기를 착용한 후 수면반에 누워 꼼짝 없이 강제로 잠재워졌다.

'안 되겠어. 기계감응에 반응을 보인 게 누구인지 알아내야겠어. 뇌파 데이터를 확인하고 오자.'

결국 이불을 젖히고 침대에서 일어난 라키바움은 평상복으로 갈아입었다. 수면 시간에 돌아다니는 것은 금지되어 있었다. 혹시라도 경비원들과 마주칠 수 있기에 야근을 하는 것으로 보여야 했다.

라키바움은 도서관을 포함해 특별서고와 수장고 등 30층에 달하는 아카이브 전체를 살필 수 있는 모니터실로 향했다. 다행히 아무도 마주치지 않고 모니터실에 도착할 수 있었다. 수면 시간에는 사람 대신 에이아이가 타워의 시스템을 제어했다. 모니터실에 들어선 라키바움은 모니터들이 배치된 공간 뒤편에 있는 문을 열고 들어갔다. 라키바움만 들어갈 수 있는 비밀의 방이었다.

라키바움은 오랜만에 시스템에 접속했다. 수면유도기에 프로그램을 추가해 모든 잠복체의 뇌파 정보를 가져왔다. 프레지덩과 잠복체를 관리하는 잠복체보호국의 동의 없이 말이다.

라키바움은 이 프로그램을 통해 특이 능력, 그러니까 초능력이 있는 사람을 찾고 싶었다. 단 한 명이라도 초능력자가 있다면 누구보다 먼저, 라키바움 자신이 먼저 알아야 했다. 그 잠복체를 도울지 이용할지는 그다음 문제였다.

라키바움은 전날 저녁 여섯 시를 기준으로 당시 수면 중이던 잠복체들 중 뇌파에 특이 반응이 있는 개체가 있는지 찾아보기로 했다. 프로그램은 일 분 단위로 검색 결과를 보여 주었다. 라키바움은 생츄어리와 연결된 감시 카메라의 녹화 영상도 찾아보았다. 영상을 반복해 가며 살펴보았지만 별다른 것은 찾지 못했다.

하지만 라키바움에게 목소리를 보낸 그 누군가가 이 영상 안에 있을지도 몰랐다. 라키바움은 무거워진 눈꺼풀을 손등으로 비볐다. 삼십 분 이상이 흐른 듯했다. 라키바움은 슬슬 그만둘 생각이 들었다.

바로 그때였다. 작은 발, 수면반 위 한 잠복체의 발이 조금 움직이는 것 같았다. 영상 구석에서 미미하지만 움직임이 보였다.

라키바움은 다른 각도에 있는 감시 카메라의 영상을 확인했다. 몸집이 작았다. 아이 같았다. 카메라와 거리가 멀어서 얼굴이 자세히 보이지는 않았다. 아이는 부스스한 긴 머리카락을 흔들더니 잠시 후 눈을 떴다. 파란 반점이 옅게 퍼진 얼굴에서 새까만 눈동자가 반짝 빛났다.

"수면유도기를 썼는데 깨어났어, 저 아이."

라키바움은 아이가 자기 앞에서 눈을 뜨기라도 한 것처럼 놀랐다. 데이터를 빠르게 검색하던 컴퓨터 화면이 갑자기 멈추더니 그래프가 띄워졌다.

'수면 뇌파 파동 특이 개체: C구역 인식코드 #C744BX1122'

그래프를 확인한 라키바움은 다시 모니터로 시선을 옮겨 왔다. 그리고 모니터 속 아이를 손가락으로 쓸어 보았다. 라키바움은 자신의 손길을 아는 것처럼 가만히 있는 아이를 보며 생각했다.

'너로구나, 나를 부른 것이……'

04

"무슨 일 있어, 크리?"

세탁 작업장으로 향하는 행렬에 맞춰 걸으며 할리 아줌마가 크리에게 속삭였다. 몰래 이야기를 나누다 감시 로봇에게 발각되면 벌점이 추가되었다. 아줌마는 이번 주에 샤워실 사용 시간을 삼 분 초과해서 이미 벌점을 한 번 받은 상태였다. 한 번 더 벌점을 받으면 하루 동안 굶어야 했다.

"아니야. 그런 거 없어."

크리는 앞만 보고 걸으며 딱딱하게 대답했다. 크리의 말수가 적어지는 건 감추는 게 있을 때뿐이었다. 크리는 걱정거리를 늘 혼자 떠안으려 했다. 할리 아줌마는 그런 크리가 안쓰러웠다.

"눈이 부었는데. 너 울었지?"

할리 아줌마의 말처럼 크리는 오늘 홀로 잠에서 깨어 울었다.

기상 시간 전에 일어나는 잠복체는 없었다. 일어나는 것이 불가능하기도 했다. 또한 잠복체가 강제 수면과 강제 노동에서 이탈하는 것은 반역죄였다. 발각되면 징벌방에 끌려가거나 더 심한 일을 당할 수도 있었다.

"아무튼 배급 시간에 다시 이야기하자."

할리 아줌마는 남들 눈에 안 띄게 크리의 손을 잡았다. 두텁고 따뜻한 아줌마 손의 온기가 크리에게 전해졌다.

'C구역 인식코드 #C744BX1122.'

크리가 세탁 작업장 입구의 인식기를 통과하자 문 옆에 선 감시 로봇 몸에 부착된 모니터에 크리의 인식코드가 떴다. 수면반과 그 외 공간에서도 잠복체들은 감시당했지만 노동구역에 들어오면 네 시간을 일하고 휴식과 식사 시간 이후 다시 네 시간을 쉼 없이 일해야 했다. 크리가 맡은 일은 물론 힘들었다. 내내 서서 일해야 했기 때문이다. 하지만 그것보다 견디기 힘든 건 지루하다는 점이었다.

크리는 세탁 공정의 일 단계인 분류반에서 일했다. 컨베이어벨트 앞에 서 있으면 세탁해야 할 빨래가 하나씩 밀려왔다. 인식기는 빨래마다 붙어 있는 바코드를 읽었다. 바코드에는 오염 정도, 섬유 종류, 세탁 방법 등의 정보가 들어 있었다. 정보에 따라 빨래들은 각각의 라인으로 옮겨진 후 세탁 과정을 거쳤다. 린넨 침대보는 이쪽으로, 청바지는 저쪽으로, 포도주를 쏟은 블라우스는 별도의 공정을 거치는 특별 라인으로 가는 식이었다.

크리는 인식기 근처에 서서 빨래가 컨베이어벨트에 끼지 않도록 안쪽으로 밀어 넣거나 바코드가 읽히지 않은 빨래를 따로 빼놓았다가 수거함에 직접 배달하는 일을 했다.

잠복체들이 서 있는 자리에는 소형 모니터가 하나씩 있었다. 노동 시간 내내 모니터에서는 선전 영상이 재생되었다. 주로 주야간 분리정책에 관한 내용이었다. 블루Z바이러스 잠복체를 포함한 감염자들은 자외선에 약하기 때문에 보호받기 위해서는 분리정책이 최선의 결정이라는 메시지가 담겨 있었다. 가끔 교육 영상이 나오기도 했는데, 크리가 아주 좋아했다. 생츄어리 바깥세상을 알 수 있는 유일한 창구이기 때문이었다. 몇 년째 같은 영상이었지만 말이다.

그런데 오늘은 처음 보는 영상이 나왔다. 삼 분 정도 되는 애니메이션이 반복적으로 재생되었다.

영상의 첫 장면에서 온몸이 파란 반점으로 뒤덮인 잠복체 아이가 생츄어리 밖을 기웃거렸다. 결국 아이는 타워 밖으로 나왔다. 펄쩍펄쩍 뛰놀던 아이는 얼마 안 가 이글거리는 태양에 팔다리가 탔고, 마지막에는 동그란 머리만 남았다. 아이의 얼굴이 한동안 클로즈업되고 '태양은 잠복체를 죽여요. The sun kills the carrier'라는 큼지막한 문구가 아이의 얼굴 위로 떠올랐다. 마지막 장면에서는 프레지덩과 젊은 여자, 남자아이 세 사람이 나와 미소를 지어 보였다.

그렇게 영상은 끝이 났다.

곧 배식을 알리는 사이렌이 울렸다. 분류반에서 나눈 빨래를 열 개나 되는 세탁반에 각각 실어 나르던 할리 아줌마는 카트를 고정해 두고 크리에게 달려왔다.

"감자 쪼가리라도 하나 더 받으려면 빨리빨리 움직이자꾸나. 너는 자라나는 아이니까 남들보다 더 먹어야 하고, 나는 보다시피 남들보다 덩치가 크니까 더 많은 연료가 필요하다고. 그러니 서두르자."

할리 아줌마가 자기를 기운 차리게 하려 노력하는 것이라는 걸, 크리는 알았다. 그렇지만 가라앉은 몸과 마음을 끌어올리기는 쉽지 않았다.

"그럼 아줌마가 내 감자 다 먹어. 난 별로 먹고 싶지 않아."

"으이구, 이 녀석아. 잠복체를 통틀어 너같이 식욕 없는 사람은 눈 씻고 찾아봐도 없을 거다. 이 말라깽이를 어쩌면 좋아."

배식은 오늘도 예외 없이 형편없었다. 각종 영양소가 듬뿍 들었다는 영양 유동식이었다. 걸쭉한 수프 가운데에 감자 한 덩어리가 들어 있었다. 음식처럼 보이는 건 그 감자뿐이었다. 수프에서 희미하게 인공 향이 났다.

"음, 오늘은 딸기 향에다가 비타민을 섞었나 보네."

할리 아줌마는 배식실 의자에 앉자마자 자기 식판의 감자 한 덩어리를 반으로 쪼개서 크리의 식판에 떨어뜨렸다.

"안 먹는다니까……."

크리는 식판을 내려다보며 말했다. 할리 아줌마는 그러거나 말거나 수프를 먹기 시작했다. 아줌마는 그 어떤 형편없는 배식이 나와도 항상 맛있게 먹었다. 쩝쩝 소리를 내며 숟가락으로 식판 바닥을 싹싹 긁어 먹었다.

'구역질 나는 음식 맛있게 먹기 대회가 있다면 일등은 할리 아줌마일 거야. 틀림없어.'

크리는 고개를 절레절레했다. 그래도 크리는 먹성 좋고 힘세고 덩치가 큰 할리 아줌마가 있어서 든든했다. 아줌마가 요란하게 식사하는 소리를 듣고 있으면 마음이 편했다. 구겨졌던 마음이 조금이나마 펴지는 듯했다.

숟가락으로 수프를 휘적거리던 크리가 아줌마에게만 들리게 속삭였다.

"아줌마, 있지, 그 여자애 알아?"

"여자애, 누구? 여자애들이야 많잖아."

할리 아줌마는 조금 남은 감자 조각으로 남은 수프 한 방울까지 싹싹 모아 먹는 데 열중하며 대답했다.

"우리 다음, 다음 블록 수면반에 있는 애 말이야. 머리카락이 짧고 꼬불꼬불한 애. 피부색이 이끼 색 같은."

"아, 누굴 말하는지 알겠다. 이름이 킹이라던가? 어린 것이 과일 하역장에서 일하느라 고생이 많지. 참! 그 애, 지난주에 사라졌대."

"어쩌면 그 애, 나 대신 끌려간 건지도 몰라. 아니, 그게 맞아. 내가 잡혀갈 뻔했는데……. 내가 나를 지웠어. 그래서 그 애를 데려갔어."

그제야 할리 아줌마는 크리를 쳐다보았다. 가뜩이나 큰 아줌마의 눈이 더 커다래졌다.

"너를 지워? 그게 무슨 말이니?"

할리 아줌마의 목소리가 조금 커졌다.

"투명인간처럼 내가 나를 안 보이게 했어. 감시자들이 왔거든. 우리가 자는 사이에 감시자들이 돌아다녀. 로봇 말고 사람인데 그 사람들이 나를 잡으러 왔어. 그래서 그 사람들 눈에 안 보이게 나를 지운 거야. 어떻게 그렇게 했는지는 나도 몰라. 아무튼 그래서 나는 피할 수 있었어. 대신 그 애를 데려갔어. 그렇게 된 거야."

천천히 차분하게 설명하고 싶었지만 크리는 마음이 급해졌다. 말을 하다 보니 숨이 가빠졌다.

"크리. 네가 무슨 말을 하는지 난 못 알아듣겠다. 꿈을 꿨나 보구나. 엉뚱한 소리를 늘어놓는 걸 보니."

"꿈인 줄 알았는데 꿈이 아니었어. 그 애를 데려갈 줄은 몰랐어. 일부러 그런 게 아니야. 진짜야."

크리의 눈가가 촉촉해지자 할리 아줌마는 더 이상 아무 말도 하지 않았다. 큰 눈으로 크리의 눈을 들여다볼 뿐이었다. 두 사람은 아무 말 없이 몇 초간 서로를 바라보았다. 아줌마는 크리가 허튼 소리를 하지 않는 아이라는 걸 누구보다 잘 알았다.

"쉿! 나중에. 나중에 이야기하자."

아줌마는 입술에 검지손가락을 대고 바람 소리를 냈다. 생츄어리에서 감시와 도청을 피할 곳은 없었다. 감시 로봇과 감시 카메라가 어디에서나 잠복체들을 지켜보았다.

할리 아줌마는 식판을 들고 빠르게 자리를 떠났다. 가슴이 벌렁거렸기 때문이다. 생츄어리에 온 뒤로 즐거운 일은 없었지만, 그래도 감금과 노역을 견디며 잘 버텨 왔다고 생각했다. 수면반을 옮기고 크리를 만나게 된 것에 감사하기도 했다.

그런데 크리가 이상한 이야기를 했다. 사라진다느니, 그들이 데려갔다느니 위험한 말을 했다. 할리 아줌마는 어지럼증을 느꼈다. 혼란스러웠지만, 지금 아무렇지 않은 척을 해야 한다는 것은 알았다. 감시 로봇도, 옆에 있던 크리도 몰라야 했다.

05

"어둠은 잠복체들한테나 어울리는 거란다."

프레지덩은 특별서고에 들어서자마자 컴컴한 구석에 앉아 있는 로미를 보며 말했다. 프레지덩이 이곳에 오는 일은 흔치 않았다.

"아, 아버지. 제가 여기 있는지 어떻게 아셨어요?"

프레지덩의 발걸음 소리가 창 쪽으로 향했다.

"내 아들에 대해 모르는 게 있겠니."

프레지덩은 커튼을 힘차게 젖혔다. 낮 열두 시에 어울리는 햇살이 서고 안쪽까지 깊숙이 들어왔다. 햇빛은 로미의 눈을 사정없이 공격했다. 로미의 눈에 금세 눈물이 맺혔다. 하지만 로미는 고개를 돌리지 않고 참았다. 프레지덩이 그 모습을 보면 싫어할 게 분명하기 때문이었다.

'아버지는 내가 건강하지 않은 게 싫겠지.'

로미는 안경처럼 착용하는 시력 보조기만 써도 한결 나을 테지만 그러지 않았다. 프레지덩에게 당신의 아들이 시력을 잃어 가고 있다는 것을 일깨우고 싶지 않아서였다. 그래서 인내했다. 노력했다. 그것이 자신에게 '탁월한' 유전자를 물려준 아버지, 프레지덩에게 최소한의 예의를 갖추는 일이라 생각했다.

"라키바움이 가르쳐 주길 직사광선이 그림을 해친대요. 그래서 커튼을 쳐야 한대요."

로미는 조심스럽게 일어나 두꺼운 커튼을 그러쥐고 창을 조금이라도 가리려고 애썼다. 이런 단순한 일조차 제대로 해내지 못하는 자기를 미워하면서. 프레지덩은 그런 로미를 말없이 바라보다가 낮게 한숨을 쉬었다. 그 순간 로미는 가슴이 덜컥 내려앉는 듯했다.

전 세계 건강체의 대표이자 유능한 지도자. 그런 사람이 로미의 아버지였다. 세계 일인자를 아버지로 둔다는 것은 불행했다. 적어도 로미에게는 그랬다. 프레지덩의 생각대로라면 로미는 건강체 중에서도 가장 건강한 건강체여야 했다. 그러나 로미는 몸이 약했다. 태어날 때부터 그랬다.

로미는 자신이 프레지덩에게 어울리지 않는 아들이라고 생각했다. 그렇지만 아버지인 그를 존경했다. 두려워하면서도 사랑했다. 문제라면 그 사랑의 감정에서 따뜻함을 느껴 본 적이 없다는 것이었다. 행복이 무엇인지, 로미는 잘 알지 못했다.

"라키바움이 제대로 가르쳐 주었구나. 로미 네가 예술품을 아 낀다는 건 잘 알고 있단다."

"네, 저는 이곳이…… 좋아요."

로미가 수줍게 말했다. 프레지덩이 허리를 낮추더니 로미의 귀에 다정한 목소리로 속삭였다.

"네가 좋다니 나도 기분이 좋다."

로미는 프레지덩의 얼굴을 보고 눈을 맞추고 싶었지만 얼굴 윤곽만 어렴풋이 보일 뿐이었다. 로미의 눈동자는 프레지덩의 눈을 찾아 헤맸다. 프레지덩은 그런 로미에게서 고개를 돌렸다. 수완 좋은 정치인답게 내색하지는 않았다. 대신 좀 전보다 밝게 꾸며 낸 목소리로 말을 이었다.

"예술을 사랑하는 걸 보니 네 할아버지를 닮은 모양이구나."

로미는 자신이 자랑스럽냐고, 부끄럽지 않으냐고 묻고 싶었다. 그러나 아무 말도 하지 못했다. 프레지덩 주위의 공기가 무거워지고 있음을 느꼈기 때문이다.

"나는 이만 가 보마. 도서관에서 인류가 건강체들에게 남긴 것들을 배우기 바란다."

프레지덩이 나가고 문 닫히는 소리가 들리자 한껏 긴장했던 로미의 어깨가 축 내려앉았다.

"로미 님, 혼자 있는 시간을 제가 방해했나요?"

프레지덩이 나가고 얼마 지나지 않아 라키바움이 들어왔다.

"아니에요. 수업 시간이 다 되었는걸요."

로미는 약 일 년 전부터 라키바움에게 개인 수업을 받았다. 또래의 여느 건강체들은 모니터 앞에 앉아 하루에 두세 시간씩 '아버지의 학교'에서 운영하는 원격 교육 프로그램을 들었다.

라키바움은 도서관장이면서 프레지덩 다음으로 권력을 가진 실세이기도 했다. 건강체 시민들은 정신적인 면에서 라키바움에게 의지했다. 로미는 프레지덩으로부터 라키바움의 과거에 대해 들은 적이 있었다.

라키바움은 고작 일곱 살 때부터 몇 차례의 팬데믹을 예언했다고 했다. 라키바움에 대한 어마어마한 이야기를 어려서부터 들어서인지 로미는 라키바움이 어려웠다. 미래도 내다볼 줄 아는 라키바움이 자신의 마음쯤은 얼마든지 읽을 수 있으리라고 생각했기 때문이다.

막상 일대일 수업이 시작되자 로미는 의외로 즐거움을 느꼈다. 라키바움이 차갑고 속을 잘 내보이지 않는다고 생각했는데, 자신과 단 둘이 있을 때는 자주 웃고 다정했기 때문이다. 라키바움에게 무언가를 배우는 것도 좋았다. 특히 로미는 역사가 재미있었다. 문학에도 완전히 반했다.

"오늘은 분리정책에 관해 이야기해 볼까요?"

로미의 맞은편에 앉은 라키바움이 이야기를 들려주기 시작했다. 대부분 로미도 아는 내용이었다.

블루Z바이러스, 속칭 좀비바이러스라고 불리는 바이러스가 지구를 휩쓸었다. 멀쩡하던 사람들이 어느 날 갑자기 팔다리가 마비되어 제대로 걷지 못하게 되었다.

"또 시력이 약해지고 빛을 싫어한다는 점이 마치 좀비 같다고 해서 붙여진 이름입니다. 병이 진행될수록 뇌 기능에도 영향을 미쳐 인지 능력도 떨어집니다. 여기에 문제가 생기는 겁니다."

라키바움은 '여기'라고 말하며 자기 머리를 손가락으로 두어 번 두들겼다.

"한마디로 바보가 되는 거예요. 블루Z바이러스가 더욱 공포스러웠던 건 바이러스에 감염되어도 아무런 증상 없이 잘 지낸다는 거예요. 그러다 서너 달이 지나면 갑자기 뇌가 망가지고 모든 것을 망각하게 됩니다."

'빛을 싫어하게 된다고? 그럼 나도 블루Z바이러스에 감염된 게 아닐까?'

로미는 두려웠다. 하지만 건강체 일인자 프레지덩의 아들인 자신이 잠복체일 리 없다고 생각했다. 유전자에 따른 계급 분류는 왜곡될 수 없었다.

라키바움은 계속해서 이후의 세계 정치와 질서 회복 과정에 대한 이야기를 들려주었다. 로미의 시력에 이상이 없었다면 라키바움은 이미지들을 함께 보여 주었을 것이다.

작년까지 로미는 책에 눈을 바짝 대고나마 글자를 읽을 수 있었다. 그때 로미는 세계정부의 분리 조치 당시의 사진들로 가득한 두꺼운 사진집을 본 적이 있었다.

사진첩에는 잠복체 수용소로 끌려가는 사람들, 방호복을 입고 총부리로 그들을 통제하는 군인들, 너무 말라서 사람처럼 보이지 않는 아이들의 모습이 담겨 있었다.

로미가 책장을 넘기며 눈물을 그렁그렁하고 있을 때, 마침 프레지덩이 방에 들어왔다. 로미는 얼른 손등으로 눈물을 훔쳤다. 프레지덩은 아무것도 모르고 후계자인 로미가 역사에 관심을 보이는 것을 기특해 했다.

"이렇게 위험하고 더러운 인간들과 부딪치지 않아도 되니 얼마나 다행이니. 그렇지 않니, 로미? 이들은 벌레와 같아. 우리가 벌레와 다르듯이 건강체와 잠복체는 완전히 다르단다. 우리와 비슷한 것 같지만 그렇지 않아. 완전히, 달라. 애초에 유전자부터 다르다고."

프레지덩은 다르다는 말을 반복했다.

'정말 다른가요, 아버지? 저도 벌레일지 모르는걸요. 아버지의 아들인 제가 벌레라고요. 아닌가요?'

"로미 님, 제 말을 듣고 있으신가요?"

라키바움이 딴 생각을 하던 로미를 현재로 불러왔다. 로미는 눈물이 날 것 같았지만 참았다. 라키바움 역시 프레지덩의 사람이었다. 얼마 전 라키바움은 로미의 행동을 저지했다. 입술에 검지손가락을 대고 단호하게 '그만'이라고 말했다. 그때 로미는 라키바움에게도 결국 지켜야 할 선이 있다는 것을 깨달았다.

라키바움이 자신의 곁에 있는 것은 결국 한 가지 이유뿐이라는 걸 로미는 알았다. 프레지덩이 그것을 명령했기 때문이다. 라키바움은 로미가 후계자로서 해서는 안 될 말, 하면 안 되는 행동을 일깨워 주어야만 했다. 프레지덩은 그 이유로 라키바움을 로미의 선생으로 둔 것이었다.

'누구 앞에서도 울지 않을 거야.'

로미는 다짐하고, 또 다짐했다.

06

오늘 저녁, 할리 아줌마 눈에는 크리가 조금 달라 보였다. 들떠 있다고 할까? 보통 날의 크리는 말수가 적고 별다른 표정이 없을 때가 많았다. 그런데 오늘 크리는 웃는 얼굴을 하고 있었다.

"기분 좋은 일 있니?"

크리의 눈이 커졌다.

"내가 기분이 좋아 보여?"

할리 아줌마는 고개를 크게 주억거리며 대답을 대신했다.

"그런가? 아줌마 눈에 그렇게 보인다니 그런가 봐. 정말, 정말 그럴지도 몰라."

할리 아줌마 마음속에 정체를 알 수 없는 불안감이 드리워졌다.

수면 시간에 잠들지 않았던 크리는 몰래 X동 전체를 둘러보았

다. 감시자들이 보초를 서지 않을까 걱정했지만 깨어 있는 사람
은 아무도 없었다. 감시 로봇도 보이지 않았다. Y동까지는 가지
못했지만 그쪽 사정도 비슷할 것 같았다. 크리는 이 시간에 깨어
난 것은 자기 혼자뿐이라는 확신이 섰다.

크리는 이제껏 자신이 살아온 보호구역의 진짜 모습을 깨달았
다. 생츄어리라는 지하에 감금되어 억지로 잠이 들고, 깨고, 빛도
없는 곳에서 평생 무의미한 노동을 계속하는 것은 누가 감시하거
나 위협해서만이 아니었다. 당연히 그렇게 해야 하는 줄 알아서,
그렇게 사는 것밖에는 할 줄 몰라서 그렇게 하는 것이기도 했다.

'어째서 난 이렇게 살아야 하는지 묻지 않았을까. 의심하지도,
화내지도 않았어. 생츄어리 밖으로 나갈 거야. 달아날 거야. 계획
을 세우자. 그런 다음 할리 아줌마와 함께 나가자.'

크리는 태어나서 이렇게 가슴이 벅차고 머리가 밝아지는 느낌
은 처음이었다. 심장이 빠르게 뛰고, 감추려 해도 웃음이 나왔다.

수면 시간 동안 크리는 X동 조사를 마친 다음 자신의 수면반
으로 서둘러 돌아왔다. 이제 수면유도기에 다시 연결되었다가 기
상 시간에 다른 잠복체들처럼 일어나기만 하면 되었다.

크리는 수면유도기를 연결하기 전, 할리 아줌마의 두툼한 손을
찾아 쥐었다. 그리고 아줌마의 귀에 대고 속삭였다.

"우리 태양 아래서 같이 살자."

크리는 세탁통에서 나온 뜨끈뜨끈한 빨래들을 막대기로 하나씩 건져 올렸다. 늘 마지못해 하던 노동이었지만 오늘은 그 어느 때보다 기운차게 일했다. 생츄어리에서 탈출하면 어떤 일이 벌어질지 몰랐다. 크리는 일을 하며 움직이는 것으로 몸을 단련하자고 생각했다.

'동작을 크게, 크게!'

저만치에서 세탁물을 나르던 할리 아줌마를 보면서 크리는 입을 벙긋거렸다. 아줌마는 하던 일을 멈추고 크리를 향해 이해하지 못하겠다는 듯 어깨를 으쓱해 보였다.

몸으로 대화하는 둘의 모습은 다른 잠복체들의 눈길을 끌었다. 크리는 상황을 의식하고 아줌마에게 하던 일을 계속하라는 메시지를 담아 몸짓을 해 보였지만 아줌마는 멈추지 않았다. 몸짓 대화가 재미있는지 계속해서 어깨를 들썩거렸다.

크리는 점점 불안해졌다. 고개를 숙이고 하던 일을 계속하려고 했다. 그런데 할리 아줌마가 건너편에서 계속 팔을 휘저었다. 아니나 다를까, 감시 로봇이 그런 할리 아줌마를 발견했다.

감시 로봇의 머리에는 카메라와 스피커가, 몸체에는 모니터가 달려 있었다. 단순한 구조로 이루어진 로봇이지만 전기총을 쏴서 잠복체를 기절시키거나, 내장되어 있는 집게 팔을 꺼내 잠복체를 연행할 수도 있었다.

열흘 전쯤 Y동에서 한 남자 잠복체가 감시 로봇에게 붙잡힌 일이 있었다. 남자는 저항 한 번 하지 못하고 끌려갔다고 했다. 이유 없이 감시 로봇에게 끌려가는 일은 잊을 만하면 생겼다. 그렇게 잡혀간 잠복체들은 다시 돌아오지 못했다.

감시 로봇은 할리 아줌마를 향해 빠르게 다가갔다. 그리고 내장된 집게 팔을 꺼냈다. 그 순간 이상하게도 크리의 눈에는 감시 로봇의 움직임이 아주 느리게 보였다. 크리는 어느새 자신이 작업반을 뛰어넘어 건너편 아줌마의 작업반으로 달려가고 있다는 것을 깨달았다.

"안 돼애애애애애애애애애애애애애애애애!"

크리의 목소리가 천 배, 아니 만 배쯤 느려져 소리의 알갱이 하나하나가 낱낱으로 흩어졌다. 크리를 인지한 감시 로봇이 크리 쪽으로 방향을 틀었다. 그리고 할리 아줌마를 밀어젖혔다. 아줌마는 균형을 잃고 움직이는 컨베이어벨트 위로 엎어졌다. 산처럼 쌓인 빨래 더미에 파묻힌 채 아줌마는 점점 멀어져 갔다.

'기계를 멈춰야 해.'

크리는 마음이 다급했다. 그런 크리에게 감시 로봇이 성큼 다가오더니 무지막지한 힘으로 크리의 왼쪽 어깨를 공격했다. 크리는 통증을 느꼈고 순간적으로 무릎이 꺾여 휘청했다. 곧 바닥에 주저앉고 말았다. 크리는 남아 있는 힘을 모아 감시 로봇을 향해 몸을 던졌다. 육중한 감시 로봇이 놀랍게도 뒤로 넘어갔다.

크리는 어깨를 감싸고 일어나 비칠대며 움직이는 컨베이어벨트를 따라 뛰었다. 할리 아줌마는 움직임이 없었다. 컨베이어벨트는 탈수통으로 이어졌다. 빨래들이 쇠로 된 거대한 공처럼 생긴 통 속으로 들어가면 통은 빠른 속도로 회전했고 빨래는 사정없이 내쳐졌다. 빨래 대신 사람이 들어갔다가는 온몸의 뼈가 으스러질 게 분명했다.

컨베이어벨트 양옆으로 잠복체들이 서 있었지만 누구도 나서서 할리 아줌마를 돕지 않았다. 잠복체들은 정지화면처럼 멈춰 있었다.

크리는 달리던 중 기둥에 붙어 있는 커다란 버튼을 발견했다. 버튼 위에 빨간색으로 뭐라고 적혀 있었다. 곡선과 직선으로 이루어진 네 개의 기호. 크리는 글자를 읽을 줄 몰랐지만 직관적으로 컨베이어벨트를 멈추는 버튼일지도 모른다고 생각했다.

기둥까지 왔지만 버튼은 크리의 키보다 높은 곳에 있었다. 크리는 버튼을 누르기 위해 발꿈치를 들고 안간힘을 썼다. 다친 팔을 억지로 들어 올리며 온몸의 힘을 쥐어짰다.

그 순간이었다. 크리의 눈앞에 번개가 친 것처럼 하얀 빛이 총알처럼 지나갔다. 아주 짧은 순간이 수만 배로 늘어졌고, 크리는 몸이 한없이 가벼워지는 듯했다. 크리가 정신을 차렸을 때는 몸이 공중에 떠 있는 상태였다. 다른 잠복체와 감시 로봇 들은 동작을 멈춘 채 움직이지 않았다.

크리는 혹시 자신이 죽은 것인지도 모른다고 생각했다. 몸의 무게가 느껴지지 않았고, 다친 어깨는 통증은커녕 아무런 감각이 없었다. 하지만 움직일 수 있었다.

크리는 공중에서 걸어 내려와 기둥에 붙어 있는 버튼을 눌렀다. 그러자 귀를 찢을 듯한 사이렌 소리가 세탁 작업장을 넘어 생츄어리 전체에 울려 퍼졌다. 뒤이어 마찰음이 요란스럽게 들리더니 컨베이어벨트가 멈춰 섰다. 세탁 작업장의 모든 기계가 멈추었다. 그와 함께 공중에 떠 있던 크리의 몸도 바닥으로 맥없이 떨어졌다. 크리는 그대로 정신을 잃었다. 기계 소음이 사라진 세탁 작업장을 침묵과 고요가 덮었다.

07

프레지덩이 통제실에 들어서자 세 명의 통제관이 동시에 일어나 경례했다. 라키바움도 프레지덩의 뒤를 따라 들어왔다.

통제실은 생츄어리의 구석구석을 감시하는 곳으로, 건강체들의 출입이 금지되어 있는 특별구역이었다. 금지된 것을 할 수 있다는 것은 특권층에게만 주어지는 특혜이기도 했다.

"별다른 보고 사항은 없겠죠?"

프레지덩은 통제관들에게 의례적으로 질문했다. 통제관 한 명이 프레지덩의 눈치를 살피며 조심스레 말을 꺼냈다.

"아, 그게 세탁 작업장에서 작은 소란이 있었습니다."

여유롭던 프레지덩의 얼굴이 아무도 눈치채지 못할 만큼 미세하게 굳어졌다. 통제관은 기기를 조작해 사고가 있었던 어제 세탁 작업장의 영상을 찾아 모니터에 띄웠다. 그리고 모니터에서 하얀

점, 아니 하얀 새처럼 보이는 여자아이를 손가락으로 가리켰다.

프레지덩은 흰 작업복을 입은 여자아이를 보면서 로미를 떠올렸고, 자기 머릿속에 떠오른 생각에 불쾌해졌다. 프레지덩의 표정을 살피던 통제관은 몸을 움찔했다.

"그러니까 이 여자아이가 소동을 일으켰습니다만, 큰 피해나 노동 손실은 없었습니다. 기계가 멈춘 건 아주 잠깐이었습니다."

"기계가 멈추었다고요? 기계에 이상이 있던 건가요?"

프레지덩은 사무적인 얼굴로 돌아와 통제관에게 되물었다.

"기, 기계 문제는 아닌 듯합니다. 감시자에게 사건 보고를 하라고 했으니 자세한 내용은 그때 알 수 있을 듯합니다……."

프레지덩이 알 수 없다는 표정을 짓자 통제관의 얼굴이 점점 벌게지며 이마와 콧등에 땀이 배어 나왔다.

영상 속 여자아이는 기둥 쪽으로 달려가고 있었다. 표정은 잘 보이지 않았지만 달리는 몸짓에서 절박함을 느낄 수 있었다. 여자아이는 기둥을 잡고 발돋움하며 버둥거렸다. 그러던 중 하얀 빛이 폭발하듯 번쩍했다. 그 뒤로 모니터에는 아무것도 보이지 않았다. 이따금 지지직거리는 소리가 들릴 뿐이었다. 통제실에 있는 모든 사람이 숨죽이고 모니터에 집중했다.

"고장입니까?"

프레지덩의 목소리가 날카로웠다. 통제관은 영상을 제어하는 패널 위에서 의미 없이 손가락을 놀렸다.

"아, 아닙니다. 이게 잠시 후에는 이렇게……."

하얗게 뒤덮였던 영상이 거짓말처럼 원래대로 돌아왔다. 다시 세탁 작업장이었다. 영상 속 잠복체들은 모두 한곳을 바라보고 있었다.

여자아이. 컨베이어벨트를 따라 달리던 작고 마른 여자아이였다. 아이는 다음 순간 바람 빠진 풍선처럼 바닥에 힘없이 쓰러졌다.

통제실은 고요했다. 화면이 하얗게 번졌던 사이 무슨 일이 일어났는지는 알 수 없었다.

"저 아이가 기계를 멈춘 것으로 보입니다."

통제관은 기어 들어가는 목소리로 말했다.

잠복체가, 그것도 노동 시간에 기계를 세웠다. 이 모든 것이 프레지덩의 심기를 헤집어 놓았다. 프레지덩에게 잠복체들의 노동은 쓸모없는 그들을 살려 두는 유일한 의미였다.

건강체들이 먹고, 입고, 쓰는 모든 것이 잠복체들의 노동으로 만들어졌지만 건강체들은 이 사실을 인정하는 법이 없었다.

"철저하게 조사하세요. 그리고 오늘 안으로 내게 직접 보고하세요."

프레지덩의 단호한 말투에 통제관들이 동시에 경례를 했다. 프레지덩은 그들에게 눈길을 주지 않고 통제실을 나가 버렸다. 뒤돌아 가던 중 프레지덩은 몸을 휙 돌리더니 힘주어 말했다.

"청소해요, 저 아이. 확실하게."

통제실에서 '청소'라는 말은 문제가 되는 잠복체를 제거하라는 의미였다.

"둘 다 말씀입니까?"

"둘?"

"여자아이 말고 한 명이 더 있습니다. 성인 여자 잠복체입니다."

"저 아이는 청소하고, 성인 잠복체는 지하 실험실로 옮기세요. 실험실에서 실험 대상이 필요하다고 들었습니다. 잘됐군요."

프레지덩과 조금 거리를 두고 천천히 통제실을 빠져나가던 라키바움은 미련이 남는 듯 모니터 쪽을 바라보았다. 정지화면에 그림처럼 멈춰 있는 아이의 모습을 눈에 새기듯이 라키바움의 눈이 순간 반짝였지만 아무도 알아채지 못했다.

08

크리는 빨래 더미에서 할리 아줌마를 힘겹게 끌어내 바닥에 눕혔다. 아줌마의 코에서는 붉은 피가 방울방울 떨어졌다. 크리는 바닥으로 축 처져 있는 아줌마의 손을 붙잡아 자기 뺨에 대었다.

"괜찮아, 아줌마. 내가 왔어. 아무 일도 없을 거야."

크리는 괜찮다는 말을 주문처럼 되뇌었다. 그러나 할리 아줌마의 상태는 전혀 괜찮지 않았다. 죽음 앞에서 간신히 살아났지만, 큰 충격을 받은 나머지 정신 줄을 놓아 버린 것 같았다. 어디를 보는지 모르게 눈은 허공을 헤맸고, 온몸은 죽은 사람처럼 굳어 보였다. 두 손만이 감전된 것처럼 달달 떨리고 있었다.

크리의 코에 지린내가 훅 끼쳐 왔다. 할리 아줌마의 흰 작업복이 노랗게 젖어 있었다. 오줌을 싼 것이었다. 크리는 아줌마의 두 팔을 붙들고 온 힘을 다해 잡아당겼다. 아줌마를 일으켜 세워 세워실에 데려가 씻길 참이었다.

잠복체들은 한 달에 한 번만 샤워실을 쓸 수 있었다. 지금 샤워실에 가도 들어갈 수 있을지, 들어간다면 물이 나올지는 알 수 없었다. 그래도 크리는 아줌마를 위해 일단 가 보기로 했다.

다른 잠복체들은 크리와 할리 아줌마를 멍하니 지켜보고만 있었다. 기계가 멈추니 그들은 고장 난 로봇과 다르지 않았다. 이전까지 잠복체들은 단 한 번도 노동 시간에 정해진 선 밖으로 물러나 본 적이 없었다. 그 누구도 오늘 같은 상황을 상상하지 못했다. 오직 한 사람, 크리만이 지금 이 순간 자신이 해야 할 일이 무엇인지를 알았다.

크리는 빨래를 실어 나르는 카트에 할리 아줌마를 실었다. 크리가 이마에 흐르는 땀도 채 닦지 못하고 카트를 밀기 위해 힘을 주었을 때였다. 크리의 등 뒤에서 묵직한 발소리가 가까워져 왔다. 한 사람이 아닌 여럿이었다.

"코드명 #C744BX1122! 거기 멈춰!"

곤봉을 든 감시자 네 명 중 한 명이 크리를 향해 소리쳤다. 평소 생츄어리는 감시 로봇이 통제했다. 잠복체 외의 사람이 들어오는 일은 흔치 않았다. 간혹 지금처럼 감시자들이 생츄어리에 투입될 때도 있었다. 건강체의 명령에 따라 잠복체들을 감시하고 겁주기 위해서였다. 머리끝부터 발끝까지 꽁꽁 싸맨 흰 방호복을 입은 감시자들은 우주인 같아 보였다.

감시자 중 한 명이 잠복체의 코드명을 읽는 스캐너를 권총처럼 쥐고 할리 아줌마의 목덜미에 레이저를 쏘았다. 하지만 아줌마의 목이 앞으로 꺾인 바람에 코드명이 제대로 읽히지 않았다. 감시자는 같은 동작을 반복했다.

크리는 침착했다. 두려움도 분노도 느껴지지 않았다. 모든 것이 꿈 같을 뿐이었다. 크리는 할리 아줌마와 자신을 향해 달려드는 감시자들의 움직임이 아주 느리게 느껴졌다. 눈앞에서 벌어지는 일들이 영화 속 슬로모션처럼 지나갔다.

한 감시자가 굵은 팔로 크리의 등을 짓누르면서 크리의 느린 영화는 끝났다. 감시자들이 크리를 넘어뜨린 후 두 팔을 뒤로 돌려 묶었다. 크리는 통증 때문에 어떤 저항도 할 수 없었다. 눈물이 솟구쳤고, 입속에서는 비릿한 피 냄새가 났다.

'내가 죽기 전에 반드시 너희를 죽일 거야.'

감시자 중 한 명이 축 처져 있는 할리 아줌마의 멱살을 잡고 질질 끌어 기둥에 기대어 두었다.

"죽은 거 아니야?"

"재수 없는 소리 하지 마. 좀비 시체까지 치우는 건 너무하잖아."

"위에 보고해. 이송하든 제거하든 위에서 결정하겠지."

고개를 떨군 할리 아줌마의 입술 사이에서 피가 흘러나왔다.

"아줌마! 할리 아줌마!"

크리는 악에 받쳐 소리를 질렀다. 할리 아줌마가 죽은 사람처럼 보였기 때문이다.

"아줌마 말고 나를 데려가!"

크리가 말을 마치기도 전에 감시자 한 명이 곤봉을 휘둘렀고, 크리의 왼쪽 뺨을 세게 내리쳤다. 크리는 짧은 비명과 함께 풀썩 쓰러졌다. 얼굴은 피투성이가 되었다. 감시자는 크리를 향해 한 번 더 곤봉을 휘둘렀지만, 옆에 있던 다른 감시자가 말렸다.

"좀비 피가 튀면 여기만 더러워져."

"오늘 노동 시간은 왜 이 지랄들인지. 미친 계집애 때문에 감시 로봇도 망가졌다면서. 로봇을 고장 낸 잠복체를 살려 둬야 하는 거야? 꿈틀거리는 거 보니 아직 죽지는 않았나 보군."

'난 살아 있어. 이렇게 쉽게 죽진 않을 거야.'

크리는 눈앞이 흐릿해지며 그대로 정신을 잃었다.

09

세탁 작업장에서 정신을 잃은 크리가 눈을 뜬 곳은 낯선 공간의 차가운 타일 바닥이었다. 한쪽 벽에는 캐비닛이 세워져 있었고 바로 앞에는 출입문으로 보이는 쇠문이 있었다. 방은 수면반 다섯 개가 들어갈 정도의 크기였다. 공기 중에서 소독약 냄새가 났다.

'치료실인가?'

크리는 생각했다. 병에 걸린 잠복체는 치료실로 보내졌다. 피를 토하던 씨엔 언니도 치료실에 끌려갔다. 치료실로 보내진 잠복체는 많았지만 다시 돌아온 잠복체는 단 한 명도 없었다.

몇 년 전 노동 시간에 Y동에서 큰 소동이 벌어진 적이 있었다. 일하던 잠복체 하나가 갑자기 작업 장비를 들고 미친 사람처럼 기계들을 부수며 날뛰었다. 그때 그 잠복체는 치료실로 보내졌고 그 뒤로 그가 어떻게 되었는지는 아무도 알지 못했다.

'나도 죽게 될까?'

크리는 눈을 감았다. 몸은 바닥으로 가라앉을 것처럼 무겁고 정신은 나른했다.

이 방의 정체는 특별 관찰실이었다. 주로 죽은 잠복체를 임시 보관하는 장소로 이용되었다. 때로는 잠복체를 '청소'하는 곳으로 쓰이기도 했다. 그래서 지독한 소독약 냄새가 특별 관찰실 구석구석에 배어 있었다. 소독약은 짙게 밴 죽음의 냄새를 덮기 위한 것이었다.

크리가 특별 관찰실에 감금된 지 하룻밤이 지났다. 수면반도, 수면유도기도 없이 온전히 밤을 보내기는 처음이었다. 크리는 블랙홀에 빠져들 듯이 잠이 들었다 깨기를 반복했다.

그러다 할리 아줌마 생각이 들면 목이 컥 하고 막혔다. 크리는 누운 채로 눈물을 흘렸다. 소리 없이 한참 울던 크리는 목이 말라 죽을 것 같았다. 혹시 몰라 방 구석구석을 살폈지만 아무것도 찾을 수 없었다.

출입문 위쪽에 조그만 핀처럼 생긴 감시 카메라가 빛에 반사되어 반짝였다. 크리는 카메라를 향해 두 팔을 흔들며 펄쩍펄쩍 뛰었다.

"목마르다고! 물 좀 줘!"

크리는 출입문을 발로 쾅쾅 차고 감시 카메라 앞에서 소리를 질러 댔다. 하지만 기다려도 문 밖에서는 아무런 소리도 들리지 않았다. 지친 크리는 무릎을 세우고 앉아 고개를 묻었고, 그 자세로 잠들어 버렸다.

두어 시간이 흘렀을까. 묵직한 빗장이 뽑히는 소리가 들렸다. 크리는 벌떡 일어나 뒷걸음질했다. 세탁 작업장에서 보았던 감시자들과는 다른 네 명의 감시자들이 문 앞에서 크리를 내려다보았다.

감시자들이 크리에게 다가왔다. 크리는 가슴속에서 비명이 터져 나왔지만 입 밖으로 소리가 나오지 않았다. 감시자들은 크리의 양팔을 붙잡았고, 크리는 자기 앞에 선 감시자의 얼굴을 들여다보았다. 헬멧 안으로 무표정한 어른 남자의 얼굴이 보였다.

감시자들은 크리에게 커다란 마스크를 씌웠다. 마스크의 입 부분에는 캔 스프레이가 달려 있었다. 크리는 남은 힘을 쥐어짜 소리치며 감시자들의 손아귀에서 벗어나려고 발버둥 쳤다.

그때 감시자 중 한 명이 마스크에 달린 스프레이의 레버를 당겼다. 그러자 마스크 내부에 가스가 분사되었다. 매캐한 가스가 크리의 입과 코로 사정없이 스며들었고, 크리는 두어 번 캑캑거리다가 그대로 쓰러지고 말았다.

감시자들 중 한 명이 다른 감시자들을 향해 말했다.

"청소 안 해? 프레지덩의 명령이잖아."

의식이 흐릿한 와중에 크리는 '프레지덩'이라는 이름을 간신히 붙잡았다. 크리는 생츄어리의 모니터에 매일같이 얼굴을 비추던 프레지덩을 기억했다. 크리는 의식이 완전히 꺼질 때까지 프레지덩의 이름을 되뇌었다. 반드시 프레지덩을 죽이겠다고 다짐하면서.

감시자들은 기절한 크리를 바디백에 집어넣고 지퍼를 올렸다. 그리고 시체 운반용 카트에 실었다.

"2호의 특별 지시가 있었어. 2호 방으로 데려가야 해."

감시자들 중 한 명이 속삭였다. 2호는 타워에서 일하는 이들만 아는 비밀코드였다. 라키바움을 가리키는 말이었다.

2부

지상층

10

라키바움은 도서관장실이 새삼 낯설게 느껴졌다. 두텁고 고급스러운 양탄자 위에 바디백이 덩그러니 놓여 있었다. 라키바움은 깊은 한숨을 쉬었다. 무모하게 벌인 일은 아니었다. '파드'를 알게된 뒤 머릿속으로 늘 상상하며 계획해 왔던 일이었다. 그런데 막상 눈앞에 시커먼 바디백이 놓여 있으니 라키바움은 마음이 심난했다. 자신이 감당하기에는 너무 큰 도박 같았기 때문이다.

'후회해도 늦었어. 돌아갈 수 없는 강을 건넌 거야.'

라키바움은 바디백 앞으로 다가갔지만 이내 멈춰 섰고, 다시 의자로 돌아왔다.

규정대로라면 건강체는 잠복체와 접촉해서는 안 됐다. 지금 바디백을 열면 발견 즉시 체포될 수도 있는, 중대한 규정 위반을 저지르는 것이었다. 사실 규정대로라면 건강체는 잠복체와 한 방에 있어서도 안 되었다. 잠복체가 마취된 상태로 여기에 누워 있어서도 안 되었다.

언제나 냉정함을 유지하며 표정에 감정을 드러내지 않던 라키바움이 동요하고 있었다. 잠복체와 이렇게 가까운 거리에 있어 보기는 처음이었기 때문이다.

며칠 동안 모니터에서 본 잠복체 아이, 예정대로라면 청소되었을 아이가 지금 도서관장실에 있다. 프레지덩이 알아서는 안 되었다. 라키바움은 저도 모르게 침을 꼴깍 삼켰다.

'내가 제대로 본 게 맞다면 그건 파드였어. 이 아이에게 파드가 있어.'

파드는 넓은 의미에서 직관을 나타냈다. 파드가 있는 자는 문자나 기호를 보는 것만으로 그 의미를 즉각 깨우치는 것은 물론, 자신의 감각과 지각을 다른 사람에게 전송할 수도 있다. 동시에 다수의 사람에게 공유할 수 있다는 점에서 엄청난 능력이었다.

라키바움은 초능력자의 유전자를 다룬 문헌들을 독학하면서 처음 파드를 알게 되었다. 그 책에서 설명하기를, 다양한 초능력 중에서도 파드는 가장 강력한 힘이었다.

크리에게 파드가 있다면, 라키바움이 들은 여자아이의 목소리도 설명이 되었다. 크리가 파드 능력자라는 근거가 또 있었다. 세탁 작업장에서 난동이 벌어졌을 때 하얀 빛이 번개처럼 내리 꽂히면서 모든 사람이 잠시 동안 눈이 멀었다. 기계인 감시 카메라

조차 그 순간을 기록하지 못하지 않았던가. 크리가 기둥에 붙어 있는 버튼이 무엇인지 알아본 것도 근거가 되었다. 버튼에 쓰인 글자는 'STOP(멈춤)'이었다. 원래 잠복체들은 글을 읽을 줄 모르지만 크리는 버튼을 눌렀고, 기계를 멈췄다.

라키바움은 이식수술을 거쳐 타워와 자신의 뇌가 연결되었다. 그리하여 지금의 라키바움, 즉 타워의 인간 열쇠가 되었다. 하지만 파드 능력자라면 물리적인 수술은 필요 없었다.

'이 아이가 파드를 제대로 발휘할 수 있게 된다면 블루Z바이러스의 치료제를 만들 수 있지 않을까? 아니, 이 분리된 세계의 허상을 깨부술 수 있지 않을까? 그러면 나를 옭아매는 유전자결정론의 저주도 벗어 버릴 수 있지 않을까?'

따뜻했던 커피는 어느새 식어 버렸다. 라키바움은 바디백을 노려보았다. 그렇게 하면 바디백의 지퍼가 알아서 열리고 아이가 걸어 나오기라도 할 것처럼. 하지만 바디백은 조금도 움직이지 않았다. 라키바움은 바디백에 든 아이가 혹시 죽은 것은 아닌지 잠시 걱정되었다.

라키바움은 의자에서 일어나 다시 바디백 가까이로 다가갔고, 한쪽 무릎을 양탄자에 꿇고 앉았다. 그리고 바디백의 지퍼를 잡았다. 마음 한구석에서 여전히 찝찝함이 느껴졌다.

오늘날 잠복체들이 더 이상 블루Z바이러스를 전염시키지 않는다는 것은 상부의 알 만한 사람들은 다 알고 있었다. 이제 블루Z바이러스는 처음 발견했을 때만큼 전파력이 높지도, 치명적이지도 않았다. 공개되지 않은 사실이었지만, 블루Z바이러스는 관리 가능한 질병인 데다 유전적 연관성도 거의 없는 것으로 밝혀졌다.

그럼에도 라키바움은 어려서부터 주입된 블루Z바이러스에 대한 공포가 쉽게 떨쳐지지 않았다. 라키바움은 부자연스러운 자세로 바디백을 붙잡고 지퍼를 당겼다.

"헉!"

라키바움은 그대로 나자빠졌다. 지퍼를 내리자 길고 까만 머리카락으로 뒤덮인 얼굴이 나타난 것이었다. 시체처럼 보이던 크리가 눈을 번쩍 뜨고 나비가 누에고치에서 나오듯 바디백에서 몸을 일으켜 빠져나왔다. 그런 크리를 보면서 라키바움은 양탄자 위에서 두 팔을 휘저으며 조금씩 물러났다.

"너 누구야!"

크리는 소리쳤다. 눈에 살기가 감돌았다.

크리는 무기로 쓸 만한 것을 찾아 주위를 둘러보았다. 별다른 게 없었다. 책상과 의자, 책상에 쌓여 있는 책 대여섯 권, 벽을 둘러싼 책장, 그리고 책장을 채운 수천 권의 고서들뿐이었다. 공격할 만한 물건이 마땅치 않자 크리는 일단 의자 뒤로 달려가 몸을 숨겼다.

"잠깐만 진정해."

라키바움은 크리를 보며 손사랫짓했다.

'어린애일 뿐이야. 침착하자.'

라키바움은 간신히 마음을 추슬렀다.

"많이 놀랐지? 나도 너만큼 놀랐어."

크리는 아랑곳하지 않고 의자 뒤에서 고양이처럼 몸을 감춘 채 방의 구조를 파악하고 문까지의 거리를 가늠했다. 상대가 틈을 보이면 때를 놓치지 않고 도망칠 생각이었다.

"너를 해치지 않아. 약속할게."

라키바움은 어느새 자리에서 일어나 옷매무새를 매만졌다. 다가가지는 않았지만 의자 뒤에 숨은 크리의 얼굴을 보려고 고개를 갸웃거렸다.

"너를 돕고 싶어. 그래서 널 데려온 거야."

"나를 납치한 인간이 나를 돕는다고?"

"너한테는 특별한 능력이 있어. 파드. 초능력이야. 처음 들어 보는 말이겠⋯⋯."

크리는 라키바움을 향해 돌진했다. 그 순간 라키바움은 공포가 되살아나는 것을 느꼈다. 크리는 온 힘을 다해 자기보다 훨씬 키가 큰 라키바움을 넘어뜨렸다. 그다음 라키바움의 목덜미를 깨물었다.

라키바움은 비명을 지르며 크리의 얼굴과 어깨를 붙잡고 떼어 내려 했다. 급기야 끈질기게 매달리는 크리의 배를 걷어찼다. 크리는 뒤로 벌러덩 넘어졌고, 배를 감싸 안고 양탄자 위에서 버둥거렸다.

라키바움은 재빨리 자리에서 일어섰다. 목덜미에서 피가 조금 흘렀지만 큰 상처는 아니었다. 입고 있던 실크 드레스 끝단에 핏방울이 튀어 붉게 물들었다.

"너, 생츄어리에서 벗어나고 싶어 했잖아. 그래서 수면 시간에 몰래 수면반을 벗어났던 것 아니야?"

라키바움의 말에 크리는 귀가 번쩍 뜨였다. 자신이 탈출하려던 것을 알고 있어서였다.

"네 적은 내가 아니야. 나는 네 편, 아니 나는 적어도 너와 거래할 수 있는 상대야."

크리는 분을 참느라 부들부들 떨면서도 라키바움의 말에 귀 기울였다. 머릿속이 혼란스러웠다.

"난 네 파드가 필요해."

말은 그렇게 했지만 라키바움은 의심이 솟았다. 짐승과 다름없어 보이는 이 아이가 과연 파드를 가진 것이 맞는지 확신이 들지 않았다.

"네 안에 파드가 깨어나도록 내가 도울 거야. 파드가 깨어나면 너는 세계를 통찰하는 능력을 갖게 되는 거지."

크리는 라키바움이 무슨 말을 하는지 조금도 알아들을 수 없었다. 이 방에서 탈출할 것인지 말 것인지를 결정하는 것이 먼저

였다.

그때 노크 소리가 들려왔다.

"라키바움, 저 로미예요."

라키바움은 순간 얼굴이 하얗게 질렸다.

11

"로미 님, 자, 잠시만요."

라키바움은 뒤돌아 크리를 보며 다급하게 말했다.

"어서 숨어! 들켜선 안 돼."

크리는 의자 아래로 몸을 숨겼다. 라키바움은 헛기침을 두어 번 하고 문 뒤에서 기다리고 있을 로미를 향해 큰 소리로 외쳤다.

"로미 님, 제가 필사를 하느라 방이 엉망입니다. 발 디딜 데가 없네요. 잠깐 기다려 주시면 정리를 좀 하겠습니다."

라키바움은 책상 앞에 놓인 바디백으로 달려갔다. 바디백을 맨손으로 만지는 것이 꺼림칙했지만 작은 탁자 크기로 접어 급한 대로 책상 서랍에 구겨 넣었다. 그리고 책상 위에 쌓여 있던 책들을 일부러 흐트러뜨리거나 펼쳐 놓았다.

라키바움은 손등으로 이마의 식은땀을 훔쳤다. 크리는 행여 들킬세라 몸을 움크리면서도 라키바움을 흘끔거렸다.

'건강체들 사이에도 감시자가 있는 걸까?'

크리는 의아했다. 건강체들은 잠복체들을 가두고 착취한다고 만 생각했는데, 건강체도 다른 건강체에게 쩔쩔매고 감시당하고 있으니 말이다.

문 앞에 선 라키바움은 머리카락과 구겨진 실크 드레스를 다 듬고 침착하게 문을 열었다.

"로미 님을 기다리시게 했네요. 부디 너그럽게 이해해 주시길 바랍니다."

로미는 도서관장실의 푹신한 양탄자 위로 조심스럽게 발을 디 뎠다.

"바쁘신데 제가 방해한 것일까요?"

"아닙니다. 로미 님보다 더 중요한 일은 없습니다."

그늘져 있던 로미의 얼굴이 아주 조금 밝아졌다.

"이쪽으로 와서 앉으세요. 의자까지는 아무것도 없으니 안심하 세요."

라키바움은 로미의 손을 잡아 줄 수도 있었지만 그러지 않았 다. 로미가 혼자 걸을 수 있도록 목소리로만 안내했다. 크리는 의 자 등받이와 쿠션 사이로 로미를 훔쳐보았다.

'그 아이야!'

로미의 얼굴을 확인하는 순간 크리는 두 손으로 자기 입을 틀어막았다. 생츄어리의 선전 영상에서 보았던 그 남자아이였던 것이다. 크리는 그 아이를 모니터 밖에서 실제로 만나게 될 줄은 꿈에도 몰랐다.

로미는 발끝으로 의자의 위치를 확인하고 천천히 앉았다. 의자 뒤에 숨어 있는 크리는 심장이 두방망이질 치는 듯했다. 로미는 고래를 갸웃하더니 코를 킁킁거렸다.

"오늘은 도서관장실이 다르게 느껴져요. 어떤 냄새가 나는데…… 혹시 창으로 고양이가 들어온 게 아닐까요?"

라키바움은 최대한 당황한 티를 내지 않으려 애썼다.

"그럴 리가요. 고양이가 타워 안에 돌아다니나요? 질병관리국이 일을 제대로 안 하나 보군요."

로미가 급하게 고개를 저었다.

"부탁이에요. 아무에게도 이야기하지 마세요. 고양이는 아무런 해도 끼치지 않아요."

옥외 정원을 포함한 야외 시설은 오직 타워의 상층부에만 있었다. 물론 로미도 그 특권을 누리고 있었다.

언제부터였는지 수면 시간마다 로미 방 앞에 마련된 옥외 정원에 고양이들이 한두 마리씩 모여들기 시작했다. 지금은 고양이 세 마리가 로미의 친구가 되었다. 로미는 식사 때마다 자기 접시에서 생선이나 과일을 조금씩 덜어 냅킨에 몰래 싸 두었다가 밤이면 찾아오는 고양이들에게 나누어 주었다.

로미는 고양이들에게서 나는 비 냄새가 이곳 도서관장실 공기에 섞여 떠도는 것 같다고 느꼈다.

"고양이들은 참 좋겠어요. 밤에도, 낮에도 자유롭게 돌아다니잖아요."

로미의 말에 라키바움의 낯빛이 어두워졌다.

"어디에서도 그런 말은 하시면 안 됩니다. 절대로, 절대로요."

라키바움은 로미의 얼굴 앞에 자기 얼굴을 바짝 가져다 댔다. 그리고 검지손가락을 입술에 대고 쉿 하고 소리를 냈다.

"로미님, 제 앞에서도 해서는 안 될 말이었습니다. 분리정책을 부정하는 발언을 하면 즉각 구속된다는 걸 아시잖아요."

조금 전까지 로미를 윗사람으로 모시던 라키바움은 아이를 호되게 꾸짖는 어른으로 변했다.

"알겠어요…… 라키바움."

크리는 두 사람의 얼굴을 번갈아 보았다. 로미를 알아보고 나니 그제야 라키바움이 누구인지도 떠올랐다. 로미와 함께 선전 영상에 나온 여자 건강체였다.

로미가 떠나고 도서관장실에 라키바움과 둘만 남게 되자 크리는 바로 몸을 움직였다. 미리 봐 둔 커다란 도자기 화병을 번쩍 들어 책상 모서리에 내리쳤다. 쨍그랑하는 소리와 함께 도자기 파편이 양탄자 여기저기로 흩어졌다. 크리는 깨어진 조각 하나를 손에 쥐고 라키바움의 등 뒤로 가 달려들었다.

"말해! 여기가 어디인지, 나를 언제부터 감시했는지."

크리는 라키바움의 목에 조각을 가까이 가져다 댔다. 라키바움은 반응을 보이지 않았다. 처음 크리를 보고 겁에 질렸을 때와 달랐다. 크리는 라키바움과의 대결에서 왠지 밀린 것 같다는 생각이 들었지만 조각을 쥔 손에는 더욱 힘을 주었다. 그러자 조각을 잡은 손에 핏방울이 맺혔다.

"용감하구나. 좋아."

라키바움의 목소리가 여유로웠다.

"탈출하고 싶다면, 간단해. 이 문을 열고 나가. 그리고 층간이동기를 타고 타워 밖으로 나가. 그러면 돼. 할 수 있으면 그렇게 해."

라키바움은 비아냥거렸다. 크리는 펄쩍 뛰어 라키바움에게 업히다시피 매달렸고, 왼팔로 라키바움의 목을 졸랐다.

"제대로 말해. 그렇게 쉬운 거라면 우리가 왜 평생 생츄어리에 갇혀 살아야 하는 건데?

크리는 가느다란 팔로 라키바움에게 필사적으로 매달렸지만 오래 버티지 못했다. 이내 양탄자 위로 내동댕이쳐졌다. 크리의 오른손은 피로 흥건했다. 라키바움의 오른팔에도 기다란 상처가 나 있었다.

라키바움은 책상 서랍에서 손수건을 꺼내 와 크리에게 건넸다.

"맞아. 나는 건강체야. 어릴 적에 건강체 중에서도 우수 유전자로 선발되었지, 그리고 그렇게……."

라키바움은 말을 끝마치지 못하고 긴 한숨을 내쉬었다.

"크리. 네 이름은 크리지? 너는 잠복체로 낙인 찍혀 햇빛 한 번보지 못하고 평생을 생츄어리에서 살아왔겠지. 난 건강체지만 한 사람 손에 쥐어진 열쇠에 불과해. 그 사람이 필요할 때 모든 문을 열어야 하는……."

크리는 손수건을 받기는 했지만 어찌해야 할지 몰라 손에 쥐고만 있었다.

"이렇게 근사한 곳에서 햇빛을 누리고 살면서 무슨 배부른 소리야. 생츄어리에서 사는 것과 비교할 수 있다고 생각해?"

라키바움은 길고 푹신한 가죽 소파에 털썩 주저앉았다.

"네 말이 맞아. 잠복체로 사는 것과 비교할 수 없을 만큼 나는 많은 걸 누리고 있어. 비밀 하나 알려 줄까? 내 뇌는 이 타워의 중앙컴퓨터와 연결되어 있어. 타워 안의 데이터, 전기적 신호들은 다 나를 통해 흘러. 쉽게 말해 나는 다 가졌어. 아마도 이 타워에서 사실상 가장 큰 힘을 가진 사람이겠지. 그런데 가장 중요한 한 가지를 못 가졌어."

"……"

"자유."

라키바움은 모든 것이 시작된 날, 꼬마 마리였던 그날의 기억이 떠올랐다.

"건강체와 잠복체를 구분하는 유전자 검사는 유전자 샘플을 가지고 하는 건 알지? 머리카락, 피, 침, 손톱 같은 것들. 그런데 이 샘플을 채취하는 과정에서 샘플이 뒤바뀌거나 검사체 정보가 바뀌는 일은, 적지만 종종 일어나. 생각해 봐. 분리 명령이 선포되었을 때 하나의 연구소에서 수천, 수만 건을 검사하고 기록했어. 그 과정에서 어떻게 실수가 단 한 번도 없었겠어. 그런데 그 한 번의 실수가 한 사람의 운명을 바꾸어 놓았지. 아니, 여러 사람의 운명을 바꿨어."

그건 실수가 아니었는지도 모른다. 라키바움, 그러니까 꼬마 마리에게 일어난 일은 실수라는 범주에 속하는 일이 아니었을지도 모른다. 그날 마리는 자신의 언니와 유전자 검사를 받기 위해 검사실 앞에서 차례를 기다리고 있었다.

그때 마리는 어떤 목소리를 들었다. 목소리는 귓속에서 끈질기게 메아리쳤다. 처음에는 속삭이는 듯했지만, 어느 순간부터는 천둥 같은 소리로 명령했다.

'바꿔. 바꿔. 바꿔야 해.'

마리의 눈앞에 거대한 이미지가 떠올랐다. 기다란 철제 시험관 거치대가 보였다. 시험관 거치대에는 가느다란 시험관 두 개가 꽂혀 있었다. 이미지는 곧 영상처럼 재생되었다. 다음 장면에서 조그마한 손이 나타났다. 손은 두 개의 시험관 중 하나를 뽑아서 남은 시험관과 자리를 바꾸었다.

마리와 언니가 검사실로 불려 들어갈 때까지 눈앞에서 같은 장면이 계속해서 재생되었다.

검사실에 들어가자 방호복을 입은 검사관이 언니의 콧속에 검사봉을 집어넣었다. 마리도 같은 검사를 받았다.

"잠깐 여기서 기다리렴."

검사관이 마리와 언니를 세워 두고 검사실 밖으로 나갔다. 작은 검사실에 둘만 남자 언니는 호기심을 보이며 검사실의 이곳저곳을 구경하기 시작했다. 마리는 기다리라는 검사관의 말에 꼼짝하지 않았다.

그때 마리의 귓속에 또다시 목소리가 들렸다.

'바꿔. 바꿔. 바꿔야 해.'

문득 마리는 테이블에 놓인 검체 샘플이 눈에 들어왔다. 검사실 앞에서 보았던 이미지 그대로였다. 시험관 거치대에 두 개의 시험관이 꽂혀 있었다. 검사관은 돌아오지 않았고, 언니는 여전히 실험기구들을 구경하느라 여념이 없었다.

마리는 무서웠다. 어찌해야 할지를 몰랐다. 하지만 언니에게 말하면 시험관의 위치를 바꿀 기회는 사라질 것이 분명했다.

"마리, 여기 신기한 게 정말 많아."

언니가 마리에게 말했다. 마리는 언니가 돌아보기 전에 조그만 손을 뻗어 두 개의 시험관의 자리를 바꾸었다.

곧 검사관이 돌아왔다. 검사관은 마리와 언니의 검체가 든 시험관에 바코드를 붙였다. 두 개의 시험관은 뒤바뀐 인식번호 바코드가 붙은 채로 검사실 밖으로 옮겨졌다.

얼마 뒤 언니는 생츄어리로 끌려갔다. 그리고 마리는 건강체 판정을 받았다.

지난 기억이 라키바움의 눈앞을 스쳐 지나갔다. 라키바움은 자신의 권한으로 생츄어리에 감금된 잠복체들의 정보를 열람할 수 있게 된 무렵, 언니가 죽은 지 십 년이 더 되었다는 사실을 알게 되었다. 라키바움은 덜컥 가슴이 죄어 왔다. 본래 그곳에 있어야 했던 것은 언니가 아니라 자신이었기 때문이다. 하지만 이제는 되돌릴 수 없었다.

라키바움은 크리를 보며 말했다.

"나라는 존재가 시스템의 오류야. 내가 이 자리에 있다는 것 자체가 분리정책의 커다란 구멍이라고. 나는 영문도 모른 채 우수 유전자에 선발됐어. 그 뒤로 실험당하고, 개조당하고, 이식 당했어. 온통 '당하는 것'뿐이었지. 어떻게든 나는 살아남았고, 그 대가로 지금 다른 사람이 누리지 못하는 것을 누리게 된 거야. 그런데 그 과정에서 정말로 중요한 걸 깨달았어. 건강체니, 잠복체니…… 모두 헛소리란걸. 잠복체는 바이러스에 취약하고, 바이러스가 언제 발현할지 모르는 위험군이라고들 하지. 하지만 넌 잠복체면서 특별한 능력이 있어. 이건 어떻게 설명할 수 있겠어?"

크리는 라키바움이 하는 말을 모두 이해하지는 못했다. 하지만 라키바움이 분리정책을 증오하고 있다는 것은 알 수 있었다. 의외로 자신과 맞는 구석이 있을지 모른다고, 크리는 생각했다.

"대체 무슨 말이야. 건강체, 잠복체가 다 헛소리라니. 블루Z바이러스를 치료할 수 있다는 말이야? 그럼 우리가 생츄어리에서 평생 썩을 필요도 없는 거잖아."

라키바움은 깊은 한숨을 내쉬었다. 표정은 한층 더 참담하고 침울해졌다.

"건강체한테는 잠복체가 필요해. 건강체들이 편안하게 살 수 있는 건 너희 잠복체들이 갇혀 있기 때문이야. 식량과 에너지 자원은 한정되어 있고, 모두가 누리기에는 부족해. 잠복체를 통제해야 건강체가 풍요로울 수 있어. 게다가 잠복체는 보상 없이 노동력을 제공하잖아. 건강체는 손 하나 까딱하지 않고 모든 걸 누리지. 이게 이 세계가 유지되는 비밀이란다, 얘야."

라키바움은 마른세수를 했다. 며칠 잠을 자지 못한 사람처럼 피곤해 보였다.

"비밀……."

"그래서 나는 네가 필요한 거야. 네가 가진 파드, 그 힘을 써야 해. 이 세계가 하는 거짓말을 폭로해서 모두를 해방해야 해. 갇혀 있는 잠복체들도, 착각하고 있는 건강체들도 진실에 눈을 떠야지."

라키바움은 차분한 걸음으로 크리에게 다가섰다. 크리는 움찔했고, 라키바움은 그런 크리 쪽으로 구부정하게 몸을 숙였다.

"너는 납치당했다고 생각하겠지만 내가 너를 구한 것이기도 해. 이곳에 오지 않았다면 넌 청소 당했을 거야. 난 널 해치려고 데려온 게 아니야. 네가 탈출하는 걸 도울 거야. 단, 지금은 아니야. 네 파드를 눈 뜨게 한 뒤에."

갑작스럽게 반전된 분위기에 크리는 당황스러웠다.

"네 파드가 깨어난다면 아주 많은 사람을 해방할 수 있어."

"해, 방?"

"응. 해방. 자유를 준다는 뜻이야."

자유. 그 말은 크리의 마음을 밝혀 주었다. 한 번도 본 적 없는 태양처럼.

'생츄어리 밖으로 나갈 수 있다니. 태양을 볼 수 있다니. 나뿐만 아니라 많은 사람에게도 보여 줄 수 있다니.'

크리는 태어나서 이렇게 귀가 트이는 말은 들어 본 적이 없었다. 라키바움은 오른손을 내밀어 악수를 청했다. 크리는 한 번도 악수를 해 본 적이 없었다. 그렇지만 악수가 화해를 뜻한다는 것은 알 수 있었다.

크리는 라키바움이 내민 손을 잡았다. 라키바움은 잡은 손을 당겨 크리를 일으켜 세웠다.

"휴, 이제 휴전인가?"

"당신은 이름이 뭐야?"

"라키바움이라고 불러. 도서관장이라는 뜻이야."

"아니, 그런 거 말고. 진짜 이름이 뭐냐고."

"너무 오래전이라……. 마리. 가족들은 나를 마리라고 불렀어."

라키바움은 잡은 손을 새삼스럽게 흔들었다.

"반갑다, 크리."

얼떨결에 크리도 잡은 손을 흔들었다.

순간 크리에게서 냄새가 끼쳐 왔다. 라키바움은 무의식적으로 코를 손으로 쥘 뻔했다. 잠시 망설이던 라키바움은 조심스레 말했다.

"네가 괜찮다면, 목욕할래? 미안하지만, 너한테 냄새가 나."

크리는 몸에서 나는 냄새를 맡으려는 듯 킁킁거렸다.

"그래, 목욕할게."

"목욕하고 새 옷으로 갈아입으면 너도 건강체로 보일 거야. 건강체들 사이에서 눈에 띄어 좋을 건 없으니까. 내 방은 바로 옆에 있어. 도서관장실과 연결되어 있지. 나를 따라와."

라키바움이 그림이 걸린 벽을 살짝 건드리자 문이 열렸다. 그러자 숨겨져 있던 방이 나타났다. 도서관장실보다 훨씬 밝고 아늑했다.

"방 안쪽에 욕조가 있어. 특별히 아끼는 장미 꽃잎을 띄워 줄

게. 아주 귀한 거란다."

라키바움은 묘하게 들떠 보였다.

"서둘러. 활동 시간이 얼마 남지 않았어.

크리는 경계심을 풀고 한층 편안해진 목소리로 물었다.

"그런데, 목욕……이 뭐야?"

12

생츄어리에 사는 잠복체들은 일주일에 한 번만 샤워실에 갈 수 있었다. 샤워기에서 물은 길어야 일 분 정도 나왔다. 물이 끊기기 전에 온몸을 구석구석 씻는 것은 불가능에 가까웠다.

크리는 따뜻한 물을 가득 받은 욕조에 몸을 담갔다. 그러자 몸이 구름 위에 떠 있는 것처럼 가볍고 편안해졌다. 상처의 통증도 사라지는 것 같았다. 아련한 장미 향이 훈김에 실려 공기 중에 퍼졌다.

선잠에 빠지려는 찰나, 크리는 이곳이 생츄어리 밖이고 자신이 납치되었다는 사실이 떠올랐다. 잠깐이었지만 이 세계의 안락함에 빠져들었다는 데에 크리는 죄책감을 느꼈다. 지금 이 순간 수면반에서 강제 수면에 들었을 잠복체들과 할리 아줌마가 생각났다.

'아줌마는 무사할까?'

크리는 착잡한 마음으로 욕조에서 일어났다. 아직 물이 따뜻했지만 더는 목욕을 계속할 수 없었다. 할리 아줌마를 배신하는 일처럼 느껴졌기 때문이다. 미련을 떨치기 위해 크리는 서둘러 목욕을 마무리했다.

그런데 크리는 라키바움이 준비한 옷을 보자 난감했다. 생츄어리에서는 평생 똑같은 옷을 입었다. 성별과 나이 상관없이 모두가 부댓자루처럼 생긴 원피스를 입었다. 원피스는 그저 뒤집어쓰면 그만이었다. 라키바움이 준 옷은 무려 세 벌이었다. 세탁 노동을 하며 이런저런 옷을 봐 왔지만 입어 본 적은 없었다.

크리는 옷을 다 입는 데까지 한참이 걸렸다. 간신히 바지를 입고, 블라우스 단추를 잠그고 마지막으로 카디건을 걸쳤다. 크리가 도서관장실로 나오자 의자에 앉아 기다리던 라키바움이 크리를 보고 웃음을 터뜨렸다.

"처음치고는 나쁘지 않네. 블라우스는 바지 안에 넣어 입어야 해. 이쪽으로 와서 네 모습을 봐."

라키바움은 전신거울 앞에 크리를 세웠다.

"이제 누가 너를 잠복체로 보겠어."

크리는 주저했다. 이렇게 커다란 거울을 보는 것은 처음이었다. 할리 아줌마는 손바닥보다도 작은 손거울을 하나 갖고 있었지만 그나마도 거울 한가운데 금이 가 있었다. 수면 시간 전에 아줌마는 크리에게 몇 번 거울을 보여 준 적이 있었다. 그때마다 크리는 거울에 비친 자기를 보는 것이 신기하면서도 두려웠다.

'저게 나라고?'

크리는 거울 앞으로 한 발 다가섰다. 빗지 않아 젖은 채로 뭉쳐 있는 긴 머리카락이 가장 먼저 눈에 들어왔다. 그다음 한결 맑아진 푸른빛 얼굴과 어리둥절한 표정이 보였다.

'바보 같아.'

거울 속의 크리는 너무 작고, 야위었다. 크리는 공연히 화가 났다. 한없이 연약해 보이는 자기 모습에 의지가 꺾일 뿐이라는 생각이 들자 다시는 거울을 보고 싶지 않았다.

"일단은 이곳에서 지내는 게 좋겠어. 도서관장실은 나 외에는 아무도 들어올 수 없으니까. 오늘은 피곤할 테니 이만 자 둬."

날이 저물어 가자 라키바움은 마음이 분주했다.

"내일부터 도서관의 모든 공간을 다녀도 좋아. 수장고와 특별 서고를 포함해서 말이야. 그곳들은 프레지덩도 쉽게 들어갈 수 없어. 인류의 유산을 지키는 게 내 역할이야. 그래서 제 아무리 권력이 있다고 하더라도 마음대로 접근할 수 없는 거야."

크리는 속으로 콧방귀를 뀌었다.

'잠깐이야. 탈출에 도움될 만한 정보를 얻어 낼 때까지만, 그때까지만 여기 있는 거야.'

타워 상층부 곳곳에 설치된 스피커에서 음악이 흘러나왔다.

활동 시간 종료 한 시간 전을 알리는 음악이었다. 크리는 귀를 쫑긋 세웠다. 생츄어리의 사이렌 소리와는 전혀 달랐다. 평화로웠다.

'생츄어리에 있었으면 지금쯤 수면반에서 꿈을 꾸고 있겠지.'

"나는 이제 자러 가야 해. 오늘 밤 도서관장실은 오롯이 네 것이니 즐거운 시간 보내기를 바란다."

방을 나서던 라키바움은 문 앞에 멈춰 섰고, 다시 크리를 돌아보며 말했다.

"아, 참. 수면 시간에는 이 방을 벗어나면 안 돼. 나 말고 다른 건강체들 눈에 띄어서 좋을 게 없다는 거, 잘 알겠지?"

라키바움의 말 때문만은 아니었다. 크리는 그로부터 한 시간 동안 책상 아래 숨어 꼼짝하지 않았다. 졸리지는 않았다. 혼자 남겨지자 비로소 난생처음 생츄어리 밖으로 나왔다는 것이 실감 날 뿐이었다.

"이 시간 이후 모든 건강체의 외출을 금지합니다. 기상 알림 방송 전에 외출하는 것은 활동 시간 규정 7조 위반입니다."

스피커에서 나른한 음악을 배경으로 수면 알림 방송이 울려 퍼졌다.

'하나, 두울, 세엣, 네엣, 다아섯, 여서엇……'

크리는 마음속으로 천천히 일부터 백까지 헤아렸다. 크리에게 숫자와 간단한 셈을 가르쳐 준 것은 할리 아줌마였다.

"양 한 마리, 양 두 마리…… 잠이 안 오는 밤에는 이렇게 양을 셌단다. 수면유도기 따위가 없던 시절 이야기지만 말이다, 아가."

크리에게 숫자를 세는 것은 머리나 배가 아플 때, 세탁 작업장에서 할당량의 빨래를 할 때 도움이 되었다. 산더미 같은 빨랫감이 몇 개인지 헤아리면 그것이 하나하나 줄어드는 것도 알 수 있었다. 그러다 보면 지긋지긋한 노동도 손톱만큼이나마 견딜 만해졌다.

백까지 다 세고도 크리는 움직이지 않았다. 방 안은 양탄자가 모든 소리를 집어삼킨 것처럼 조용했다. 크리는 천천히 책상 밑에서 나와 도서관장실을 둘러보았다. 천장이 까마득할 정도로 높았다. 책상이 있는 곳부터 방 끝까지도 꽤나 멀었다. 수면반 열 개는 나란히 둘 수 있을 것 같았다.

크리는 창가로 걸어갔다. 모든 창에는 커튼이 처져 있었다. 크리는 커튼을 젖히고 창밖을 내다보았다. 달이 보이지 않는 밤이었다.

"우와……."

크리는 유리창에 코를 바짝 붙이고 홀린 듯이 바깥세상을 구경했다. 어둡긴 했지만 지금껏 한 번도 본 적 없는 지상의 풍경이었다. 크리는 벅차는 마음을 주체하기 힘들었다.

하지만 곧 크리는 이렇게 넓은 세상에 잠복체들은 평생 생츄어리에 갇혀 살아야 한다는 사실이 떠올랐다. 너무도 명징한 세계의 부조리를 목격한 것이었다. 혼자서 감당할 수 없는 진실의 무게였다.

크리는 주저앉아 눈물을 흘렸다. 손으로 입을 틀어막았지만 흐느낌이 새어 나왔다.

"아줌마…… 보고 싶어."

눈물이 구원이 되리라고 믿는 것처럼 크리는 울음을 멈추지 않았다. 얼마나 지났을까. 크리는 혼자가 된 이 시간을 울며 보내서는 안 된다고 생각했다.

어디서부터 모험을 시작할지 계획이 필요했다. 크리는 다시 창밖을 보았다. 대각선으로 내려다보이는 한 층 아래 창 안쪽에서 뭔가 움직였다. 아래층은 도서관이었다.

커튼으로 반쯤 가려져 있었지만 언뜻 보기에 사람 같았다. 크리는 반사적으로 몸을 숨겼다.

'유령?'

크리는 등골이 서늘해졌다. 크리가 지금보다 한참 어렸을 때 할리 아줌마는 잠들기 전, 크리의 손을 꼭 붙잡고 유령에 관한 이야기를 해 주고는 했다.

라키바움은 분명 수면 시간에 깨어 있는 것은 크리 혼자라고 했다.

'그럼 아래층에 있는 건 뭐지? 사람인가? 바람에 흔들린 커튼을 잘못 본 건가? 아니야. 분명 창문이 닫혀 있었는데……'

크리는 그것이 유령이거나, 자기처럼 이곳에 있어서는 안 되는
존재일 것이라고 생각했다.

13

크리는 도서관장실 문을 살짝 열고 복도를 살폈다. 복도 바닥과 벽은 모두 나무로 되어 있었고, 바닥에는 올이 굵은 양탄자가 깔려 있었다. 지나다니는 사람은 아무도 없었다. 인기척도 느껴지지 않았다.

'일단 유령의 정체를 확인하자. 그리고 할리 아줌마가 있을 만한 곳을 찾아보는 거야.'

복도는 어두웠다. 수면 시간이 시작되면서 타워의 모든 불이 꺼진 터였다. 그나마 복도 끝에 난 창으로 희끄무레하게 달빛이 들고 있었다. 크리는 민첩하게 계단으로 이동했다. 한 층 아래로 내려가자 위층과 비슷한 구조의 공간이 펼쳐졌다. 긴 복도를 중앙에 두고 양쪽에 방들이 늘어서 있었다.

'있다!'

크리는 마침내 도서관장실에서 보았던 방을 찾았다. 방문이 다른 방보다 두 배는 더 커 보였다. 수상쩍게도 문은 잠겨 있지 않았다.

크리는 열린 문틈으로 몸을 들이밀었고, 몸의 어느 곳도 닿지 않게 주의를 기울이며 방 안으로 들어갔다. 발끝을 세워 걸으며 안쪽으로 들어가자 유령은 생각보다 가까운 곳에 있었다. 줄지어 선 책장들 너머에서 말소리가 들려온 것이었다.

"하나, 두울, 세엣……."

유령은 자기 존재를 숨길 생각이 없는 듯했다. 크리는 좀 더 귀를 기울였다. 그러자 마른 낙엽이 부서지는 듯한 소리가 들렸다. 책장에 꽂힌 오래된 책들의 책등이 손바닥을 스칠 때 나는 마찰음이었다.

크리는 몸을 낮추고 책장 너머를 염탐했다. 촘촘하게 꽂힌 책들 사이로 사람 다리 같은 것이 보였다. 크리는 반쯤 일어나 유령의 얼굴을 살폈다.

'그 남자애잖아!'

크리가 도서관장실에서 만난, 아니 몰래 훔쳐 보았던 로미였다. 로미는 크리의 시선을 눈치채지 못한 듯했다.

슥슥. 로미는 소리를 내지 않으려고 애쓰는 크리와는 달리 발로 양탄자를 쓸며 뒷걸음질했다. 책장의 끝까지 와서는 발로 책장을 툭툭 쳤다. 그리고는 거기에서부터 다시 앞으로 걸으며 손끝으로 책장의 한 줄 한 줄을 헤아렸다.

로미는 크리의 시선이 닿는 지점까지 와서 걸음을 멈추더니 팔을 크게 저으며 오른쪽으로 돌았다. 크리는 로미가 자기 쪽으로 몸을 홱 돌리는 바람에 놀라 숨이 멎을 듯했다.

"위에서 세 번째 줄……."

로미는 숫자를 세는 데에 집중했다. 크리가 허리를 펴고 일어서자 로미와 눈높이가 맞았다. 크리는 침을 꼴깍 삼키고 로미의 얼굴을 빤히 쳐다보았다.

'저 애는 내가 안 보이나 봐.'

눈앞에 낯선 사람이 자기를 보고 있는데도 로미는 반응이 없었다. 로미는 세 번째 줄에 이르러서는 맨 앞에 꽂힌 책부터 한 권 한 권 만지며 헤아리기 시작했다.

"스물하나, 스물둘, 스물셋, 스물넷!"

로미의 얼굴에 미소가 번졌다. 저토록 밝고 따스한 기운을 내뿜는 사람은 처음 본다고, 크리는 생각했다.

로미는 스물네 번째 책을 끌어안고 창가로 갔다. 창가는 이곳에서 가장 밝은 곳이었다. 로미는 무릎 위에 책을 올려놓고 책장을 넘겼다. 크리는 그런 로미를 지켜보았다.

로미는 문득 고개를 들고 주변을 둘러보았다. 어디선가 비 냄새가 났기 때문이다. 로미는 고양이를 떠올렸다.

"너 거기 있지? 다 알아."

로미의 말에 크리는 순간 가슴이 덜컥했다. 로미는 입술을 앞으로 내밀고 희한한 소리를 내기 시작했다.

"히이 쭉쭉쭉! 냐아옹, 냐옹. 이리 와. 너 아까 도서관장실에 왔었지? 나를 따라온 거야?"

엉거주춤한 자세로 고양이를 찾는 로미를 보고 있으니 크리는 마음이 좋지 않았다. 앞을 보지 못하는 사람 앞에서 숨는 것은 불공평하다는 생각이 들었다.

짧고 곱슬곱슬한 로미의 머리칼이 어둠 속에서 반짝였다. 희미하게 비쳐 들어오는 한줄기 달빛 속에서 책 먼지들이 후광처럼 로미를 감쌌다.

"고양이야, 왜 너는 울지 않아?"

로미가 크리가 있는 책장 바로 앞까지 다가왔다.

"넌 목소리를 잃었니? 내 눈이 빛을 잃은 것처럼?"

로미가 말했다. 크리는 두 가지 마음을 동시에 느꼈다. 당장 이 방을 벗어나고 싶으면서도 로미의 하얀 손을 꼭 잡아 주고 싶었다. 그러나 크리는 아무것도 할 수 없었다. 그저 뒷걸음질로 살금살금 물러나며 로미를 지켜볼 뿐이었다.

"너한테서 장미 향도 나."

로미는 코를 킁킁거리며 책장의 책들 사이로 손을 뻗었다.

"거기 숨었니? 해치지 않을게. 도망치지 마."

로미의 손이 하마터면 크리의 긴 머리카락에 닿을 뻔했다. 크리는 자기도 모르게 손끝으로 로미의 손등을 톡 하고 건드렸다. 이번에는 로미가 흠칫 놀라 움직임을 멈추었다.

"나, 고양이 아니야."

갑작스럽게 들려온 크리의 목소리에 로미는 그대로 얼어붙었다.

"고양이가 아니라면 사, 사람인가요?"

"맞아."

"그럼 아까도?"

"나였어. 나한테서 지금도 냄새가 나?"

로미는 소리를 찾아 고개를 돌렸다. 서로의 숨결이 느껴질 만큼 크리는 로미에게 얼굴을 바짝 가져다 대었다. 그러나 로미의 눈동자는 한군데 고정되어 있었다. 크리의 표정을 읽지 못하는 듯했다.

'진짜로 안 보이나 봐.'

크리는 생츄어리에서 본 선전 영상을 떠올렸다. 영상에서 로미는 피부가 하얗기는 했지만 건강해 보였다. 눈이 안 보이는 사람 같지 않았다.

"아무튼 고양이가 아니군요."

"응. 난 사람이야. 너와 같은……."

크리는 이렇게 말하며 로미의 가슴께를 손가락으로 쿡 찔렀다. 할리 아줌마가 있었다면 예의 없는 행동이라며 꾸중을 늘어놓았을 것이다.

"당신도 책을 좋아해요? 나는 좋아해요. 아, 좋아했어요. 더 이상 책을 읽는 게 무리라……."

"……."

크리는 뭐라고 대답해야 할지 몰랐다. 책이 정확히 무엇인지 몰랐기 때문이다. 다만 크리는 로미가 자신이 잠복체인 것을 모른다는 사실은 알 수 있었다.

"당신도 책 좋아해요?"

로미가 다시 한번 크리에게 물었다.

"좋아해. 책을 알게 된 건 얼마 안 되었지만……."

로미가 잘 볼 수 없다는 걸 알면서도 크리는 고개를 끄덕였다. 책을 좋아한다는 크리의 말에 로미의 입이 헤벌어졌다. 로미는 크리에게 조금 더 가까이 다가섰다.

"무슨 책을 좋아해요? 오늘은 무슨 책을 읽었어요? 흥미로운 책을 만났나요? 나한테도 이야기해 줄래요?"

로미는 들뜬 목소리로 말을 쏟아냈다. 그러나 크리는 로미의 얼굴을 빤히 들여다보느라 정신이 없었다. 오똑하게 선 콧날, 가늘고 긴 눈매, 커다란 눈동자.

'눈동자가 이렇게 맑고 투명한데 세상을 볼 수 없다니.'

"책…… 책, 너, 너는 무슨 책을 읽었어? 너부터 들려줘."

"나는 책에서 그림이나 사진 보는 걸 좋아했어요."

로미는 크리에게 자신이 읽었던 이야기들을 들려주었다. 두 사람은 책장에 등을 기대고 앉았다가 나중에는 마주 보고 앉았다. 몇 시간이 더 지난 뒤에는 바닥에 누웠다. 이야기는 계속되었다.

밤새 크리가 한 말은 몇 마디 되지 않았다. 크리는 로미가 들려주는 이야기에 푹 빠져들었다.

"너 이야기를 참 잘한다."

14

"어땠어 이곳에서 보낸 첫날이?"

라키바움이 도서관장실에 들어오며 활기차게 물었다. 그러나 크리를 발견하자 웃음기가 사라졌다. 크리는 문 앞 양탄자에 널브러져서 간신히 눈을 뜨고 있었다.

크리가 특별 관찰실에 감금되었다가 납치되어 도서관장실에서 눈뜬 것이 어제였다. 이틀이나 제대로 잠을 못 잔 데다 어젯밤 도서관에서 로미의 이야기를 듣느라 거의 잠을 자지 못했다. 크리는 기상 알림 방송이 나오기 직전에 간신히 도서관장실로 돌아왔고, 쓰러지듯이 잠이 들었다.

그 와중에도 크리는 잊을 수 없는 것이 있었다. 처음으로 해가 뜨는 것을 본 것이었다. 지금껏 크리가 본 가장 밝은 빛은 생츄어리의 인공조명이었다.

'아줌마, 나 태양을 봤어. 아줌마가 말한 태양을 만났어.'

크리는 온몸에 태양의 에너지가 퍼지는 것을 느꼈다.

"밤새 무슨 일이 있었던 거야?"

라키바움은 크리를 부축해 안락의자에 눕혔다.

"나 이야기를 들었어. 무시무시하고 끔찍하고, 또 놀라운 이야기를."

"도서관장실을 벗어났다는 거야? 어디서 어떤 이야기를 들었다는 거야?"

라키바움은 혹시 크리가 지난밤 파드를 사용한 것은 아닌지 싶어 크리의 어깨를 붙들고 재촉했다. 하지만 크리는 먹지도, 마시지도, 자지도 못해 기진맥진한 상태였다. 말라붙은 입술 사이로 간신히 숨만 쉬고 있었다.

"상태가 안 좋네. 내가 먹을 걸 좀 가져올게."

그제야 라키바움은 크리에게 먹을 것을 챙겨 주어야 한다는 사실을 깨달았다. 도서관장실로 크리를 데려올 때까지는 먹이고, 입히는 것까지 신경 써야 할 것이라는 점은 생각하지 못했다. 이전까지 크리는 격리하거나 제거할 대상에 지나지 않았기 때문이다.

라키바움은 음식을 푸짐하게 차린 서빙 카트와 함께 돌아왔다. 청포도와 사과, 유리병에 담긴 우유, 신선한 원두로 내린 블랙 커피, 두껍게 썬 빵과 치즈, 달걀과 노릇하게 구운 베이컨까지. 아침 식사로는 지나치게 많은 양이었다. 진한 커피 향과 새콤달콤한 과일 향, 베이컨의 기름 냄새는 크리를 일으켜 세우기 충분했다.

"나를 무정한 사람이라고 생각하진 마. 어젯밤 너한테 공격당하고 나도 정신이 없었다고. 잠복체도 먹어야 산다는 걸 깜빡했어."

사흘을 내리 굶은 크리 귀에 라키바움의 변명이 들어올 리 없었다. 유혹적인 음식 냄새가 크리의 세포까지 깨어나게 하는 것 같았다.

"진짜 내가 먹어도 돼?"

크리는 자기를 위한 성찬이 믿기지 않아 손을 댈 엄두가 나지 않았다.

"물론이지. 더 먹고 싶은 게 있으면 말해."

크리는 먼저 따뜻한 롤빵을 집었다. 고소한 빵 냄새에 온몸이 녹아내리는 것 같았다. 크리는 빵을 입에 넣기 전에 뺨에 살짝 대 보았다. 침이 꼴깍 넘어갔다. 동시에 할리 아줌마가 떠올랐다.

크리는 선뜻 빵을 물어뜯을 수 없었다. 음식을 모조리 입으로 쓸어 넣을 것 같던 크리가 머뭇거리자 저만치 앉아 있던 라키바움이 크리를 꿰뚫어 보듯이 말했다.

"생츄어리 사람들을 생각하는 거니?"

"……"

"그들을 걱정할 때가 아니야. 지금 더 위험한 건 너야. 일단 먹어야 힘을 키울 것 아냐. 지금 상태로는 네 몸 하나 추스르기도 힘들걸."

크리는 라키바움이 하는 말에 반감을 느꼈지만 틀린 말은 아니었다. 일단 먹어야 했다. 그리고 이곳에서 벗어나 할리 아줌마를 찾아야 했다.

크리는 무거운 마음으로 빵을 한 입 물었다. 빵은 씹을 겨를도 없이 사르르 녹아서 목구멍으로 넘어갔다. 일단 음식이 들어가자 오랜 시간 비어 있던 위는 더 많은 음식을 갈구했다. 크리는 라키바움이 있다는 것을 잊은 채 음식을 모조리 먹어 치웠다.

"어때, 이제 살 만하니?"

크리가 식사를 마치자 라키바움이 느긋하게 물었다. 크리는 라키바움의 느긋함에 짐짓 반발심이 일었다. 잠복체들이 음식이라고 부르기도 민망한 걸쭉한 수프로 목숨을 부지할 때, 건강체들은 이렇게 따뜻하고 맛있는, 제대로 된 음식을 먹는다는 생각에 잠시 잊고 있던 분노가 치민 것이었다.

크리는 자신에게 먹을 것을 주었지만 여전히 라키바움을 믿을 수 없었다. 어쨌거나 라키바움은 '이쪽 세상'에 속한 사람이었다. 크리에게 건강체는 모두 적이었다. 하지만 지금은 이를 드러낼 때가 아니었다. 크리는 마음을 다잡았다.

크리가 식사를 마치자 라키바움이 식기를 정리해 한쪽으로 치웠다.

"자, 이제 파드를 키우기 위한 공부를 시작하자."

크리는 멀뚱히 라키바움을 쳐다보았다.

"이게 책이라는 거야."

책을 어루만지는 라키바움의 눈빛이 한없이 부드러웠다.

"가까이 와. 만져 봐도 좋아."

크리는 심드렁하게 책 위에 손을 올렸다. 그러자 갑자기 귀가 윙윙거리고 바닥이 움직이는 것처럼 어지럼증이 일었다.

"어, 어…… 왜 이러지?"

크리는 비틀거리며 뒷걸음질했다. 날카로운 소리가 크리의 귓속을 사납게 울렸다. 크리는 금방이라도 정신을 잃을 것 같았다.

"무슨 일이야, 크리! 괜찮아?"

넘어질 뻔한 크리를 라키바움이 붙잡았다. 어느 순간부터 라키바움의 목소리가 들리기 시작하자 크리의 귓속을 울리던 소음은 곧 완전히 사라졌다.

"이게, 이게 무슨 소리지?"

크리가 라키바움과 눈을 맞추었다.

"당신한테는 안 들려? 나한테만 들리는 거야?"

라키바움은 진지한 얼굴로 고개를 끄덕였다. 라키바움의 머리카락이 움직임에 따라 가볍게 흔들렸다.

"내가 잘못 본 게 아니었어. 넌 방금 책의 목소리를 들은 거야. 활자가 들려주는 이야기를 말이야."

어느새 라키바움의 눈에 눈물이 맺혔다. 라키바움은 크리를 부둥켜안으려 했지만 크리는 온 힘을 다해 라키바움을 밀쳤다.

"내가 죽기 전에 파드 능력자를 만날 줄이야……."

라키바움은 기도하듯 두 손을 모으고 흐느끼듯 말했다.

"오, 크리, 크리……."

초능력자는 대개 한 가지의 초인간적인 능력을 지니는 것으로 특징지어진다.

중력저항으로 공중에 뜰 수 있는 능력, 손을 대지 않고도 물체를 이동시킬 수 있는 능력, 액체를 끌어당기거나 마르게 하는 능력, 사람의 몸속이나 비투시물체의 이면 등을 투시할 수 있는 능력, 근육의 반응 속도가 일반인의 백 배, 천 배로 빨라 빛의 속도로 움직이는 능력 등. 초능력은 아주 다양하게 발현되지만 두 가지 이상의 능력을 지니는 초능력자는 극히 드물다.

예외로 파드 능력자는 초능력자들의 능력을 집대성한 존재라 할 수 있다. 염력, 독심술, 텔레파시 등과 같은 정신 능력을 발휘할 뿐만 아니라 배우지 않은 문자와 기호 등을 접했을 때 즉각적으로 이해하는 지각 능력을 보이는 것이 가장 큰 특징이다.

정신적인 영역의 초능력자들이 그러하듯이 각성하지 않으면 본인의 능력을 자각하지 못하고 평생을 살 수도 있다. 각성하고 수련을 거듭한다면 파드 능력은 다차원 이동, 시간계 조정, 파장 왜곡 등의 어마어마한 초월적 능력까지 발현할 수 있는 잠재력이 있다.

파드 능력자는 초능력자 십만 명 중 한 명일 정도로 희귀하지만 역사적으로 파드 능력자로 추정되는 인물들이 존재했다.

　– 세계정부 초기 인류 분류분과 초능력 인류에 대한 비밀 보고서 중

　　〈파드〉 편

15

라키바움은 크리와의 첫 수업 날, 활동 시간이 끝날 때까지 도서관장실을 벗어나지 않았다. 수업은 열띠게 진행되었다. 라키바움이 미리 조치해 두었기에 두 사람을 방해하는 사람은 없었다.

라키바움은 크리에게 책이 무엇인지, 책에 담긴 지식이 인류에게 어떤 가치를 주는지 등을 자상하게 가르쳐 주었다. 또한 라키바움은 크리가 새로운 정보에 어떻게 반응하고 얼마만큼 받아들이는지를 세심하게 살폈다. 배움은 어렵고 많은 노력을 필요로 하지만, 배움을 통해 지혜를 얻는 것은 즐거운 일임을 강조했다. 그리고 크리가 그 즐거움을 직접 느낄 수 있도록 도왔다.

"원숭이가 인간의 조상이라는 말이야?"

"원숭이? 하하하. 아니, 크리. 그들이 털도 많고 옷도 입지 않았지만 원숭이와는 달라."

크리는 라키바움이 들려주는 이야기를 듣는 것만으로 충분히 재미있었다. 상상할 수 없는 우주, 그 광활한 시공간에 가스와 먼지에 지나지 않았던 우주의 티끌이 지구라는 별이 되는 이야기, 그리고 우주의 달력을 일 년의 마지막 날, 마지막 한 시간, 그 한 시간의 끄트머리에 등장한 인류가 지구를 접수하고 문명을 세운 격렬한 역사에 이르기까지…….

크리는 우주라는 말을 태어나서 처음 들어 보았다.

"우주가 궁금하니? 해가 지고 건강체들이 잠자리에 들면 이 창가에서 밤하늘을 올려다보렴. 그럼 우주의 한 자락을 훔쳐볼 수 있을 거야."

크리는 반드시 직접 우주를 보겠다고, 어둠이 내리고 타워의 밤을 독차지하게 되면 이 세계의 공기를 마음껏 느껴 보겠다고 다짐했다.

"그런데, 라키바움. 나한테 파드라는 게 있다며. 그게 있음 내가 뭘 할 수 있는 거야?"

"파아아드……."

라키바움은 자기 목소리가 어떻게 들리는지 알아보려는 사람처럼 파드를 길게 늘여 발음했다. 그 목소리는 자못 심각했다. 생각에 잠겨 있던 라키바움이 한참 있다 입을 열었다.

"보통 사람들에게 없는 능력, 잠재되어 있더라도 거의 발현되는 일이 드문, 그런 힘……. 그걸 우리는 초능력이라고 불러. 블루

Z바이러스 이후 분리정책으로 인류가 혼돈에 빠져들기 전까지는 각국의 정부와 세계보건기구를 중심으로 초능력 인자들을 발견하고 관리하고 통제했어. 지루한 이야기인가?"

그렇지 않았다. 크리는 고개를 크게 가로저었다. 이렇게 마음 놓고 누군가와 대화하는 것만으로도 크리는 즐거웠다. 생츄어리에서는 노동 시간에도 잠복체끼리 대화하는 것이 금지되어 있었다. 수면 시간 전에 할리 아줌마 옆에 착 붙어서 몇 마디를 주고받을 때도 감시자들의 눈에 띌까 봐 늘 가슴을 졸여야 했다.

"초능력의 종류에는 여러 가지가 있어. 물질을 움직이는 능력자도 있고, 자기 육체를 순간이동 하는 능력자도 있고, 에너지를 끌어모아 그것을 조종하는 능력자도 있어. 어떤 초능력자들은 몸이 순식간에 불덩이처럼 타오르게 할 수도 있고, 외부 에너지를 끌어모아 폭탄처럼 사용하기도 해. 파드는 그중에서도 가장 잠재력이 커. 어떤 연구자는 파드 능력자가 초능력자들 중에서도 가장 강력한 권능을 가졌다며 능력자 중의 능력자라고도 했어. 파드는 원래 지혜를 뜻하는 능력이지만 계발하기에 따라 지식뿐만 아니라 생명체에도 접속할 수 있어. 네 안에 있는 그 엄청난 힘을 네가 통제할 수만 있다면 말이야."

눈을 반짝이며 이야기에 집중하는 크리를 보며 라키바움은 '지혜'라는 말이 크리와 잘 어울린다고 생각했다. 평생을 생츄어리에서 살아왔고 어쩌면 그곳에서 죽고 말았을 크리에게 이야기를 들려주는 지금, 라키바움은 자신은 물론 크리의 운명이 이전과는 완전히 다른 궤도에 올라탔다는 것을 느꼈다. 이제 돌이킬 수 없는 수레를 앞으로 힘껏 미는 것 말고는 다른 선택지가 없었다.

라키바움은 크리에게 더 많은 것, 자신이 줄 수 있는 모든 것을 전해 주고 싶었다. 그다음 일은 아무도 알 수 없었다. 라키바움은 그저 그다음에는 새로운 문이 열릴 것이라고 믿었다.

"특별서고에 함께 가면 좋겠다. 특별서고는 우리 도서관에서 가장 자랑할 만한 곳이야. 아카이브 중의 아카이브라 할 만하지."

책에 푹 빠진 크리는 라키바움이 하는 말이 하나도 들리지 않았다. 어떤 이야기든 크리는 거기에 흠뻑 빠져들었다. 크리는 급류가 흐르는 강 한복판에 버티고 서 있는 사람 같았다. 엄청난 양의 지식들은 크리의 몸과 마음을 뒤흔들며 지나갔다.

크리는 글을 읽는 법을 배운 적이 없었지만 바라보고 있는 것만으로 이해할 수 있었다. 영어도, 프랑스어도, 사라진 고대 부족어로 된 책도, 수식과 기호밖에 없는 공학자들의 참고서까지도. 크리는 그것이 무엇이든 온 마음을 다해 읽었다. 탈진 상태가 되면서도 다른 책에 담긴 이야기가 궁금해서 또 새로운 책에 달려들었다.

"크리, 쉬어가면서 해. 배움에도 휴식은 필요한 법이야."

라키바움의 말에 크리가 번쩍 고개를 들었다.

"아니. 그렇지 않아. 이곳에서 보내는 시간이 그리 길지 않을 것 같아. 왠지 그런 느낌이 들어."

크리의 눈빛이 서늘하도록 날카로웠다.

"파드가 작동하기 시작하면 눈빛은 물론 사람도 달라지겠지."

라키바움은 중얼거리듯 말했다.

16

"잠시 나갔다 올게. 두어 시간이면 돼."

프레지덩이 예정에 없던 회의를 소집하는 바람에 라키바움은 도서관장실을 벗어나야 했다. 라키바움은 프레지덩이 호출하면 언제 어디서든 즉각 그곳으로 가야 했다.

"걱정하지 마. 내 허락 없이는 아무도 이 방에 들어올 수 없으니까. 네가 나돌아다니지만 않는다면 별일 없을 거야."

라키바움은 똑같은 말을 세 번씩이나 반복했다.

"걱정 마. 당신의 당부가 지겨워지려고 해."

라키바움이 도서관장실 문을 닫자마자 크리는 잽싸게 일어나 나갈 준비를 했다. 크리는 타워 어딘가에 할리 아줌마가 있을 거라고 짐작했다. 여기 없더라도, 아줌마가 어디 있는지 알 수 있는 단서를 찾을 수 있을 것 같았다.

'그런 느낌이 들어. 아니 분명해.'

크리의 파드가 깨어났기 때문일까. 크리는 마음속에서 들리는 소리, 직관을 따르는 데 거리낌이 없었다. 낮의 도서관은 밤의 도서관과 다른 무언가를 보여 줄지 모른다고, 크리의 직관은 말하고 있었다.

크리는 도서관장실 문을 열고 복도를 살폈다. 지나다니는 건강체는 없었다. 복도를 건너 계단 난간 틈으로 바로 아래층에서 일층 홀까지 훑어보았다. 층마다 두세 명 이상의 건강체들이 있었다. 크리는 같은 층에 들어갈 수 있는 방이 있는지 살폈다. 오른편에 있는 방의 문이 살짝 열려 있는 것이 보였다. 언뜻 보니 지난밤 로미를 마주쳤던 방처럼 방 안에 책장이 늘어서 있었다.

'온통 책으로 가득하구나. 책이라는 게 그렇게 대단한 물건인가.'

크리는 새삼 놀랐다. 조금 전까지 책을 읽었고(다른 사람과 조금 다른 방법으로 읽고 있지만) 정확히 말하자면 그 책 속에 들어갔다가 나왔지만 실감이 나지 않았다.

'여기 있는 책을 다 읽으면 세상을 다 알 수 있을까? 어떻게 하면 타워를 벗어나 자유를 얻을 수 있는지도 책이 알려 줄까?'

크리는 열린 문틈으로 미끄러지듯이 숨어들었다.

방의 모습은 어젯밤에 들어간 방과 흡사했다. 바닥에는 양탄자가 깔려 있고 벽에는 책장이 늘어서 있었다. 다만 이 방은 커튼을 걷어 두어 창으로 들어온 햇빛이 방 깊숙이까지 비추고 있었다.

방은 고요했고, 그래서 크리는 안심이 되었다.

공기 중에 부유하는 먼지들이 햇빛에 반사되어 금빛으로 반짝였다. 크리는 홀린 듯 책장들 사이를 맴돌았다. 춤추듯이 천천히 원을 그리며 책장에 꽂혀 있는 책의 책등을 손등으로 스치며 지나갔다. 피부가 책등에 닿으면 아주 잠깐이지만 어떤 이미지가, 혹은 냄새가 손끝에서 발끝까지 관통했다. 바람처럼 상쾌한 느낌을 주는 책이 있는가 하면 역겨운 냄새를 훅 끼치는 책도 있었다.

크리는 라키바움이 알려 준 대로 한 권 한 권에 집중해서 책의 목소리를 듣는 것도 즐거웠지만, 이렇게 책들을 손가락으로 살짝살짝 건드리며 책이 반응하는 것을 느끼는 것도 좋았다. 이 놀이에 빠져서 크리는 잠시 주변을 잊었다. 가까워져 오는 기척을 알아채지 못했다.

크리가 무심코 고개를 돌렸을 때였다. 열 발짝 정도 떨어진 곳, 책장과 책장 사이에서 누군가 크리를 향해 서 있었다. 크리는 순간 등골이 저릿했다.

"으악!"

크리는 깜짝 놀라 자기도 모르게 비명을 질렀다. 누군가의 정체는 로미였다. 로미는 책을 보러 이곳에 온 것이 아니었다. 책보다도 크리를 만나기 위해 이곳에 왔다. 하지만 로미는 마음을 들킬까 봐 긴장하고 있었다.

지난밤 이후 로미는 이름도 모르는 이 여자아이, 크리만을 생각했다. 로미는 이 사실을 크리가 눈치챌까 봐 안절부절못했다.

"미안해요. 방해하려던 건 아니었어요."

"오늘도 책 읽으러 온 거야?"

로미는 말없이 고개를 끄덕였다.

"참, 나 이제 책 읽을 수 있어. 오늘은 내가 읽어 줄게."

로미는 크리의 말이 의아했지만 책을 읽어 주겠다는 말이 그저 반가웠다. 크리는 가지런히 꽂혀 있는 책의 책등을 손으로 훑으며 책에 담긴 이야기를 느꼈다.

크리는 로미가 좋아할 만한 이야기가 담긴 두꺼운 책을 한 권 골랐다. 글자만 빽빽하게 적힌 페이지였지만 자연에 대한 묘사가 살아 있는 이야기였다. 크리의 머릿속에 다채로운 이미지가 그려졌다.

"그쪽에 앉아 봐."

로미가 자리를 잡자 크리는 로미 옆에 찰싹 붙어 앉았다. 그리고 도서관장실에서 했던 것처럼 눈을 감고 마음으로 책을 읽었다. 곧 크리의 머릿속에 그림이 보였고, 크리는 보이는 그대로 로미에게 들려주었다.

"탐스럽게 빛나던 머리카락이 사라진 언니들의 얼굴은 아주 창백했어. 언니들은 막내 인어에게 말했어. '바다 마녀에게 머리카락을 다 주었어. 오늘 밤 너를 살리려면 그 수밖에 없었어. 자, 이 칼로 오늘 밤 왕자의 심장을 찔러야 해. 반드시 해가 뜨기 전에

해야 한단다.'"

로미는 크리가 하는 대로 책 위에 손을 얹고 크리의 목소리를 들었다. 책은 눈으로 읽는 것으로만 알았지 누군가의 목소리로 듣는 것은 처음이었다. 로미는 가슴이 벅찼다.

크리가 들려주는 이야기는 로미의 눈앞에 넘실대는 바다를 가져왔다. 로미는 어느새 화려하고 거대한 왕자의 배에 올라 인어의 이별 순간을 목격하고 있었다. 인어는 차마 왕자의 가슴에 칼을 꽂지 못하고 공기요정이 되어 왕자와 그의 신부에게 축복의 입맞춤을 했다.

"삼백 년이 지나면 우리는 영원한 평화가 있는 그곳으로 갈 수 있어. 축복받을 만한 사람들을 발견하고 그들 곁에 있는 시간이 하루하루 쌓이면 우리는 그만큼 그곳에 더 빨리 갈 수 있고 말이야. 인어는 눈물을 흘렸어. 인어의 눈이 난생처음 눈물로 젖은 거였어."

크리가 이야기의 결말을 읊었다. 이야기가 남긴 여운에 한동안 둘은 아무 말도 할 수 없었다.

시간을 조금 두고 크리는 다음 책의 이야기를 들려주었다. 그 책에는 슬픈 이야기가 가득했다. 그중에는 이루어지지 못한 안타까운 사랑 이야기도 있었다. 또 착한 영혼이 보답을 받는 이야기도 있었다.

"난 이 이야기가 제일 마음에 들어요. 오리에게 말해 주고 싶어요. 너 자신을 사랑하라고."

　못생겼다고 형제들에게 놀림당하고 무리에서 쫓겨났던 오리가 실은 자신이 아름다운 백조였음을 깨닫게 되는 이야기였다. 로미가 밝게 웃었다.

　'얼굴에서 빛이 나.'

　크리는 커다란 입을 벌리고 순박하게 웃는 할리 아줌마의 모습이 떠올라서 마음에 그늘이 졌다. 하지만 내색하지 않으려 계속해서 책장을 넘겼다.

　"이것 봐! 여기 오리 그림이…… 아, 참. 미안……."

　오리 그림을 발견한 크리가 반가움에 외쳤지만, 동시에 로미가 그림을 볼 수 없다는 것을 깨달았다.

　"괜찮아요."

　로미는 해맑게 웃어 보였다. 그 순진한 미소에 크리는 가슴 한구석이 아팠다. 그 순간 크리의 뇌리에 번쩍 어떤 생각이 떠올랐다. 자신의 파드를 로미에게 나누어 줄 수 있을지 모른다는 생각이었다.

　크리는 로미의 손을 덥석 잡아 책 위에 올렸다. 그리고 로미의 손등에 자기 손을 포갰다.

　"눈을 감고 마음을 비워. 그리고 집중해."

　로미의 손에 크리의 온기가 전해졌다. 로미는 마음에 불이 켜진 것처럼 밝고 따뜻한 기분이 들었다. 그러더니 눈앞에 그림이 보였다.

"아기 오리가 있어요. 울고 있는 오리가 보여요."

"보여? 그림이 보이는 거야?"

"네. 따뜻한 그림이에요. 수채화네요. 어떻게 내가 볼 수 있죠?"

로미가 감았던 눈을 크게 떴다.

"신기술인가요? 새로운 시력 보조기를 쓴 거예요?"

크리는 로미가 무슨 말을 하는지 알아듣지 못했다.

"아니면 혹시 당신, 마법을 쓰나요?"

크리는 마법이라는 말이 마음에 들었다. 며칠 만에 크리의 입가에 미소가 배었다. 미소는 어느새 웃음소리로 삐져나왔다. 크리는 딸꾹질처럼 웃는 것을 멈추기 어려웠다. 크리 자신도 왜 이렇게 웃음이 나오는지 몰랐다. 웃음은 계속되었고, 눈가에 눈물이 맺혔다.

"괜찮아요?"

로미가 걱정스럽게 물었다. 크리는 할리 아줌마를 생각하고 있었다. 눈가에 눈물을 훔치며 지금 자신이 이곳에서 무엇을 하는 것인지 허탈감을 느꼈다. 어쩌면 웃으면서 우는 마법에 걸렸는지도 몰랐다. 마법이라면 그것이 마법이리라.

17

크리가 마음을 추스르는 동안 로미는 아무 말 없이 크리의 곁을 지켰다.

"고마워."

그 말만을 남기고 크리는 도서관장실로 돌아왔다. 다행히 라키바움은 한참이 지나서야 돌아왔고 어떤 낌새도 알아차리지 못했다. 아무 일도 없던 척 크리는 책을 펼쳐서 마음의 눈으로 책을 읽었다.

"중요한 자료를 검토 중이니 도서관장실은 물론, 도서관이 있는 층 전체에 아무도 드나들지 못하게 하세요. 다시 지시를 내리기 전까지 이십사 시간 통제하세요. 도난을 방지해야 하니까요."

라키바움은 경비원에게 인터폰을 통해 지시를 내렸다. 라키바움은 프레지덩의 호출이 아니면 활동 시간 내내 도서관장실에서 크리와 함께했다. 식사도 라키바움이 직접 날랐다. 로미와의 개인 수업도 도서관장실에서 로미의 방으로 장소를 바꾸었다.

크리는 라키바움이 이끄는 대로 파드 훈련을 계속했다. 겉으로는 아무것도 하지 않는 것처럼 보였지만, 책과의 교감을 멈추고 눈을 뜨면 크리는 땀을 뚝뚝 흘렸다. 한 권 한 권 책을 읽는(받아들이는) 일을 마칠 때마다 책에 담긴 방대한 지식에 짓눌리지 않도록 휴식을 취해야 했다.

한편으로 라키바움은 글을 모르는 크리가 마음의 눈으로 책을 이해한다는 것이 정말로 가능한지 확인하고 싶었다. 그래서 책의 내용을 꼬치꼬치 캐묻기도 했다. 크리는 그때마다 아주 정확하고 지혜로운 답을 내놓았다. 크리가 파드 능력자임은 분명했다.

해가 지고 수면 알림 방송이 나오자 라키바움은 의자에서 일어나 기지개를 켰다.

"벌써 시간이 이렇게 되었나?"

방송 소리에 크리도 감았던 눈을 떴다. 크리는 책장을 넘기던 동작을 멈추고 손을 거둬들였다.

"또 나 혼자가 되는 거야?"

"어젯밤 무서웠지? 미안. 누굴 돌보는 일은 나도 처음이다 보니……."

"아니야. 난 혼자라서 좋았어. 혼자 있어 본 건 처음인걸. 아, 특별 관찰실에서도 혼자였지. 아무튼 생츄어리에서 혼자 있는 건

상상도 못할 일이야. 그래서 아무도 나를 감시하지 않는 게, 참 좋았어."

"그렇다면 다행이다. 건강체 사회에서 수면 시간 규정은 사실상 제일 중요한 법이거든. '건강체들은 낮에, 잠복체들은 밤에 활동한다'는 것이 분리정책의 핵심이잖아. 이 세계에도 생츄어리만큼은 아니겠지만 보는 눈이 많아. 그러니 눈에 띄는 일을 만들지 않아야 해. 잘못해서 프레지덩의 의심을 샀다가는……."

"난 괜찮아. 어제처럼 잘 숨어 있을게."

크리는 착한 아이가 지을 법한 표정을 지으며 라키바움을 안심시켰다. 속으로는 어제보다 더 과감한 모험을 꿈꾸었지만 말이다.

"그래. 아마 들킬 일은 없겠지. 수면 시간에 도서관을 돌아다닐 간 큰 건강체가 있을 리 없으니."

크리는 속으로 생각했다.

'건강체 중에는 없겠지. 잠복체 중에는 확실히 하나 있지만.'

다음 날 라키바움은 크리에게 타워의 구조에 대해 자세히 알려 주었다.

"이 타워는 107층으로 이루어져 있어. 사실상 하나의 압축된 도시라고 할 수 있지. 이 안에 건강체가 몇 명이나 살고 있을 것 같아?"

"글쎄, 천 명쯤?"

수를 셀 줄은 알지만 수에 대한 감각이 없는 크리는 아무렇게나 넘겨짚었다. 라키바움은 고개를 저었다.

"타워에 등록된 입주자만 8,905명이야. 거기에 타워에 살진 않지만 일정 기간 머무는 사람들까지 합하면 1만 3,000명이 넘어."

"1만 3,000명? 타워가 그렇게나 크다고?"

"아, 그건 지하 17층에 달하는 생츄어리의 잠복체들을 제외한 수야. 그래도 타워는 구조적으로 안전하니까 걱정하지 마. 내가 이 타워의 중앙컴퓨터이기도 하니까 믿어도 돼."

"타워의 중앙컴퓨터…… 당신이 열쇠라고 한 말이 그 뜻이야?"

"맞아. 이 타워는 거대한 컴퓨터라고 할 수 있어. 타워의 모든 것이 디지털로 통제되고 있으니까. 이런 타워를 조정하는 권한은 누구에게 있을까?"

"프레지덩, 그 건강체?"

"그래. 권한은 그에게 있어. 홍채인식, 지문인식, 유전자감지 등 각종 생체인식장치를 이용하지. 프레지덩은 거기서 한 가지를 더 생각했어."

"그게 뭔데?"

"중앙처리장치. 그러니까 컴퓨터의 핵심 장치를 복사해서 자신이 갖기로 한 거야."

라키바움은 잠시 숨을 고른 뒤 말을 이었다.

"그게 바로 나야."

"당신? 라키바움?"

"응. 프레지덩이 내 뇌에 중앙처리장치를 심었어. 사람이 중앙처리장치라는 건 쉽게 상상할 수 없잖아. 이제 비밀을 아는 건 세 사람이야. 프레지덩과 나, 그리고 너."

크리는 라키바움의 말을 전부 이해하진 못했지만, 한 가지는 분명했다. 프레지덩이 라키바움에게 나쁜 짓을 했다는 것. 라키바움은 크리 어깨에 손을 얹더니 크리의 눈을 보며 말했다.

"타워에는 별명이 있어. 바벨탑. 오늘 넌 이 바벨탑을 둘러보고 와. 이제 때가 됐어."

"해가 떠 있을 때 돌아다녀도 된다는 거야?"

"그래. 타워를 직접 보면 건강체 사회를 조금이나마 알 수 있을 거야. 책으로만 배우는 건 한계가 있어."

"그런데, 나를 보면 건강체들이 기절할 텐데? 피부가 파란 잠복체가 돌아다니면 어떤 일이 벌어질지 뻔하잖아."

"방법이 있지. 자, 홀로그램 목걸이야."

라키바움은 크리 목에 동그란 장식이 달린 금속 목걸이를 걸어 주었다. 목걸이는 무게가 거의 느껴지지 않았다. 크리는 목걸이를 차고 있다는 것이 실감 나지 않았다.

"목걸이가 어떤 마법을 부렸는지 궁금하지 않니?"

라키바움은 크리를 커다란 전신거울 앞으로 데려갔다. 크리는 주저하며 거울 앞으로 한 발 다가갔다.

"아아아아악! 이게 뭐야!"

거울 속 크리의 얼굴은 분홍색이었다. 머리부터 발끝까지 온몸이 분홍색으로 빛났다. 라키바움은 크리의 어깨에 손을 얹고 빙긋 웃었다.

"요즘 건강체들 사이에서 가장 유행하는 피부색이야. 이렇게 하니까 건강체보다 더 건강체 같은걸."

"일부러 이런 색을 하고 다닌다고? 건강체들은 도대체 무슨 생각을 하고 사는지 모르겠어."

크리는 분홍색으로 변한 자기 얼굴에 좀처럼 적응되지 않았다. 거울 속 자신과 눈을 맞추지 못하고 고개를 절레절레했다.

"그래도 덕분에 네 얼굴의 파란 반점은 가렸잖아. 무엇보다 낮에도 돌아다닐 수 있게 되었고 말야. 어때? 이 정도면 피부색쯤은 참을 만하지? 목걸이만 벗지 않으면 타워의 어디라도 갈 수 있을 거야."

크리는 건강체들이 활보하는 활동 시간에 나가도 된다는 것이 아무래도 믿기지 않았다.

"정말 이 방 밖으로 나가도 된다고?"

"물론. 단, 네가 바보 같은 짓을 하지 않는다는 조건에서. 건강체들의 시선을 끄는 행동을 해선 안 돼. 먼저 말을 걸어도 안 돼. 자연스럽게 행동해야 해."

라키바움은 크리에게 해도 되는 행동과 해서는 안 되는 행동을 끝없이 알려 주었다. 크리는 당장이라도 튀어 나가고 싶었지만 라키바움의 마음이 행여나 바뀔까 봐 참을성 있게 이야기를 집중해 들었다.

"마지막으로, 가장 중요한 부분인데 시간을 잊으면 안 돼. 수면 시간 알림 방송이 나오기 전에 돌아와야 해. 그러지 못하면 너도, 나도 위험해져. 알겠니?"

"응."

"그렇다고 너무 긴장할 필요는 없어. 이 와치가 알려 줄 거야. 방송이 나오기 삼십 분 전에 생체신호를 줄 테니 그것만 놓치지 않으면 괜찮아. 참, 와치에 코인도 넉넉하게 넣어 두었어. 원하는 게 있다면 쇼핑해도 좋아. 코인 거래를 해 보는 것도 좋은 공부가 될 거야."

라키바움은 한쪽 무릎을 꿇고 앉아 크리 손목에 와치를 채워 주었다. 와치는 손목에 가져다 대자 알아서 손목에 맞춰 채워졌다. 와치에는 건강체 인식칩과 위치추적, 코인 지갑 기능 등이 탑재되어 있었다.

크리는 붙잡혀 온 뒤로 도서관장실에만 갇혀 있던 것이 오 일째였다. 중간에 도서관을 몰래 돌아다녔지만 말이다. 크리가 마음 한 켠에서 탈출을 계획하는 것을 라키바움이 알아챈 것일까? 크리는 라키바움의 마음이 진심인지 아닌지 알 수 없었다.

"뭘 해? 어서 나가지 않고. 활동 시간이 네 시간밖에 남지 않았어. 서둘러."

문 밖으로 나가던 크리는 문득 뒤를 돌아보았다. 라키바움이 크리를 지켜보고 있었다. 라키바움은 말없이 크리에게 고개를 끄덕여 보였다.

'내게도 엄마가 있었다면 저런 눈빛으로 나를 보았을까?'

크리는 마음속에서 일어나는 아련한 감정을 애써 무시했다. 라키바움이 아군인지 적군인지, 아직은 확신할 수 없었다. 진실을 알기 전까지는 호감을 품어서는 안 되었다.

크리는 도서관장실에서 나와 복도를 지났고, 층간이동기 앞에 섰다. 라키바움이 설명해 준 대로 버튼을 누르자 곧 신호음과 함께 층간이동기의 문이 열렸다. 층간이동기에는 건강체 여자 한 명이 타 있었다. 누가 타고 있으리라고 예상하지 못한 크리는 여자를 보고 몸이 굳었다. 라키바움과 로미 말고 건강체를 대면하는 것은 처음이었다.

"안녕."

여자는 크리에게 인사하며 부드러운 미소를 지어 보였다. 크리는 좀처럼 입이 떨어지지 않았다. 뻣뻣한 걸음으로 층간이동기에 올라탔고 문이 닫혔다. 크리는 속으로 숨을 고르고 조심스럽게 목소리를 냈다.

"안녕하세요."

"컨슈머 블록에 가는 거지?"

크리는 '컨슈머 블록'이 뭔지 몰랐지만, 행선지를 묻는 질문인 것 같다고 짐작했다. 망설일 시간이 없었다. 크리는 고개를 끄덕였다. 여자는 층간이동기 벽에 있는 버튼을 누르더니 스피커에 대고 '컨슈머 블록'이라고 말했다. 그러자 스피커 위 모니터에서 목소리로 입력한 단어가 뜨더니 안내 음성이 흘러나왔다.

"컨슈머 블록이 있는 50층으로 이동합니다."

층간이동기 아래로 탁 트인 타워의 내부 중정이 보이자 크리는 자기도 모르게 벽에 바짝 다가섰다. 위로는 층층이 까마득하게 보였다. 크리는 입을 헤벌린 채 낯선 풍경에 빠져들었다.

곧 층간이동기의 속도가 느려지더니 부드럽게 멈추었다.

"메디컬 센터가 있는 60층에 도착했습니다."

여자의 행선지인 모양이었다.

"쇼핑 재미있게 하렴."

여자는 크리에게 손을 흔들며 내렸다. 크리도 엉겁결에 같이 손을 흔들었다. 층간이동기의 문이 거의 닫힐 때쯤 두어 걸음 멀어졌던 여자가 뒤를 돌아보았다. 깜박하고 못한 말이 있다는 듯이.

"피부색 끝내 준다, 너."

문이 닫히고 혼자가 된 크리는 투명한 벽에 반사된 자기 모습을 보았다. 라키바움이 고른 이 우스꽝스러운 피부색이 건강체들 사이에서 유행이라는 말이 거짓말은 아닌 듯했다.

18
—

컨슈머 블록은 정말이지 놀라운 곳이었다. 정신을 차리기 어려울 정도로 화려하고 압도적이었다. 크리는 세상에 이토록 신기한 물건이 많다는 것에 놀랐다. 도서관장실에서 보았던 그림이나 대리석 조각상처럼 하나하나가 모두 귀하고 값비싼 예술품처럼 보였는데, 그런 물건이 너무 많았다. 똑같은 모양을 한 물건들이 켜켜이 쌓여 있었다.

라키바움이 와치에 있는 코인을 사용해서 물건 사는 법을 가르쳐 주었지만 크리는 망설여졌다. 누군가 자기를 지켜보는 것 같아서 불안했다. 사탕, 옷, 화장품, 전자기기, 눈앞에서 조리하는 음식……. 라키바움은 코인만 있으면 무엇이든 다 가질 수 있다고 했지만, 크리는 이 많은 것 중에서 대체 뭘 골라야 하는지 묻고만 싶었다.

건강체들은 끊임없이 크리를 스쳐 지나갔다. 크리처럼 혼자 다니는 사람도 많았다. 그 누구도 크리를 특별히 신경 쓰는 것 같지 않았다. 처음에 크리는 맞은편에서 누군가 걸어오면 긴장한 채 시선을 바닥에 두고 걸었지만, 두어 시간 지나자 건강체들과 눈을 맞추고 눈웃음을 지을 정도로 여유가 생겼다.

크리는 별다른 목적 없이 돌아다니는 것이 점점 지루해졌다. 널따란 컨슈머 블록을 쏘다니는 건 꽤 지치는 일이기도 했다. 때마침 크리의 시야에 나무벤치가 들어왔다. 실내였지만 벤치는 아름드리나무 아래 놓여 있어 꽤 운치 있어 보였다.

크리는 벤치에 털썩 주저앉았다가 아예 옆으로 쓰러져 몸을 누였다. 잠시 쉴 생각이었지만 크리는 그대로 까무룩 잠이 들었다.

시간이 얼마나 지났을까, 크리의 머리맡에서 익숙한 기계 음성이 들려왔다.

"도움이 필요하신가요?"

'감시 로봇?'

크리는 벌떡 일어나 앉았다.

"도움이 필요하십니까?"

생츄어리에서 보던 감시 로봇과 비슷한 모습의 로봇이었다. 색이 조금 다른 듯했지만 같은 모델처럼 보였다. 목소리는 좀 더 상냥한 느낌이었다.

정신이 어느 정도 돌아온 크리는 건강체 사회의 로봇이 사람을 공격할 리는 없다는 것을 깨닫고 조금 안심했다. 생츄어리에서 로봇은 무시무시한 존재였지만, 이곳의 로봇은 인간을 위해 서비스하는 존재일 터였다.

"괘, 괜찮아."

"필요한 것이 있으면 언제든 불러 주세요."

감시 로봇은 다행히 크리에게서 멀어져 갔다. 마음이 놓인 크리는 벤치에서 낮잠을 좀 더 누리기로 했다. 자고 싶을 때 잘 수 있는 이 시간이 쇼핑하는 것보다 더 좋았다.

'이런 게 자유일지도 몰라. 허락도 규칙도 없이 하고 싶은 대로 해도 되는 것.'

크리는 다시 잠이 들었다. 그리고 꿈을 꾸었다. 꿈에서 크리는 사방이 흰색인 공간에 갇혀서 누군가에게 쫓겼다. 숨이 찼지만 달리는 것을 멈출 수 없었다.

"저리 가!"

누군가 크리에게 달려들었고, 크리는 발버둥 치다가 비명을 지르며 꿈에서 깨어났다.

"잠시 후 수면 시간이 시작됩니다. 태양은 건강체를 지켜 줍니다. The sun prortects you. 밤은 보호의 시간입니다. 건강체 여러분은 모두 수면 시간을 준수하시어……."

수면 알림 방송이 타워 내부에 크게 울려 퍼지고 있었다. 크리는 시간이 이렇게 되도록 아무것도 모르고 잠들어 있었다는 것이 믿기지 않았다. 벤치에서 일어나면서 보니 와치가 바닥에 떨어져 있었다. 크리가 눈치채지 못했을 때 손목에서 빠진 모양이었다.

떨어진 와치를 주으려던 크리는 깜짝 놀랐다. 와치 안쪽에서 전기 신호가 꽤 큰 소리로 울리고 있었기 때문이다. 와치가 손목에서 빠진 바람에 일어나야 할 시간을 놓친 것이다. 주위를 둘러보니 이미 컨슈머 블록을 가득 채웠던 인파는 사라지고 없었다. 조명이 하나둘 꺼지기 시작했다.

그때 멀리서 감시 로봇이 크리가 있는 곳으로 다가왔다.

"어떡하지?"

일단 숨을 곳을 찾아야 했다.

감시 로봇의 눈을 피해 갈팡질팡하던 크리는 컨슈머 블록에 막 도착했을 때 구경했던 구두 매장이 떠올랐다. 그곳에서 살까 말까 망설이던 구두가 있었다. 고민하는 시간이 길었고, 그래서 그곳에 가장 오랜 시간 머물렀다. 그때 크리는 진열대 뒤편에 있는 널찍한 벽장을 보았다.

크리는 기억을 더듬어 구두 매장을 찾을 수 있었다. 매장은 텅비어 있었고 기억대로 벽장이 있었다. 크리는 벽과 거의 구분되지 않는 커다란 벽장의 문을 열었다. 칸마다 물건들이 쌓여 있었지만 가장 아래 칸은 비어 있었다.

또다시 감시 로봇이 움직이는 소리가 들려왔다. 더는 지체할 시간이 없었다.

크리는 몸을 최대한 작게 웅크려 벽장 아래 칸에 몸을 쑤셔 넣은 다음 벽장문을 당겨 닫았다. 감시 로봇의 소리가 아주 가까이까지 왔지만 이내 멀어지기 시작했다. 크리는 그제야 마음 놓고 숨을 쉬었다.

'다른 건 몰라도 숨기 하나는 도사가 되겠군.'

크리는 도서관장실에서의 첫날을 떠올렸다. 그때도 지금처럼 숨어 있다가 밤의 모험을 벌였더랬다. 크리는 그것이 겨우 며칠 전 일이라는 게 믿기지 않았다. 너무 많은 것을 한꺼번에 만났고, 너무 많은 진실을 알아 버렸다. 생각이 길어지자 크리는 피곤이 몰려왔다.

"후유."

크리는 공연히 한숨이 나왔다. 주위가 조용한 탓에 한숨 소리가 크게 들렸다. 크리는 깜짝 놀라 입을 틀어막았다.

시간이 흐르길 기다리면서 크리는 지겨움에 몸을 배배 꼬았다.

'이대로 타워를 탈출하는 게 낫지 않을까?'

혼자 있다 보니 크리는 또다시 탈출 생각이 들었다. 생츄어리에 살던 크리라면 이런 고민은 하지 않았을 것이다. 생각할 것도 없이 바로 탈출했을 게 분명했다. 하지만 지금 크리는 많은 것을 고려하고 있었다. 생츄어리에 살던 과거의 크리가 지금의 자기 모습을 본다면 이렇게 말하지 않을까.

'빨리 안 달아나고 뭐 해, 멍청아!'

하지만 크리는 할리 아줌마를 두고 타워를 떠날 수 없었다. 아줌마가 살아 있는지조차 확인하지 못했다. 그리고 라키바움에게 아직 배울 것이 많이 남았다는 생각, 또 마음 한구석에 로미에 대한 미련도 있었다.

크리는 로미를 만나고 싶었다. 그렇지만 로미에게 진짜 자기에 대해 얼마나 이야기해야 할지 몰랐다. 블루Z바이러스를 지닌 잠복체라는 것, 건강체와 같은 공기를 마시는 것이 허락되지 않는 생츄어리 출신이라는 것, 그러니까 건강체들에게는 더러운 계층이라는 것, 보이지 않겠지만 피부에 파란 반점이 가득하다는 것.

크리는 그저 로미가 오늘 밤에도 수면 시간을 이탈해 도서관에 올지 궁금했다.

한 시간쯤 지났을까. 크리는 조심스럽게 벽장문을 열고 나왔다. 그제야 오랫동안 같은 자세를 유지하고 있던 팔과 다리, 허리를 펼 수 있었다.

층간이동기까지 가는 길이 몹시 불안했지만, 크리는 최대한 빠르게 걸음을 옮겼다. 다행히 감시 로봇을 마주치는 일은 일어나지 않았다. 크리는 처음보다 한층 익숙한 동작으로 층간이동기를 작동시켰고, 도서관이 있는 층에 내렸다.

도서관은 텅 빈 컨슈머 블록보다 더 조용했다. 크리는 모든 서가를 살폈지만 아무도 없었다. 로미가 없었다.

'없구나…….'

크리는 내심 이곳에 오면 로미를 만나게 될 것이라고 확신했다. 믿음이 깨어지자 크리는 아쉬움에 풀이 죽었다. 이제 어디로 가야 할지 몰랐다. 크리는 지난밤 로미와 함께했던 자리에 주저앉았다. 그러자 크리는 자신이 로미를 정말 보고 싶어 한다는 것을 깨닫고 말았다. 크리는 어떻게든 로미를 만나고 싶었다. 하고 싶은 말이 있었다.

'그냥 말이라도 전하고 싶은데. 친구가 되고 싶다고.'

크리는 어두운 창밖 풍경을 멍하니 바라보았다. 그때 어디선가 희미하게 소리가 들렸다. 사람의 울음소리 같기도 했다. 크리는 귀를 기울이며 몸을 낮추었고, 도서관 바닥을 기어 소리가 들리는 창 쪽으로 다가갔다. 누군가 기둥에 바짝 몸을 붙인 채 창밖을 내려다보고 있는 듯했다. 크리는 조금 더 가까이 갔고, 창밖으로 도서관장실에서는 보이지 않던 옥외 정원이 보였다.

옥외 정원의 규모는 상상을 초월했다. 정원은 도서관 층을 시작으로 건물 외벽을 따라 나선형으로 조성되어 있었다. 얕게 경사진 정원을 따라 타워 꼭대기인 하이타워까지 올라가다 보면 전망대로 이어졌다. 말이 정원이지 폭이 오백 미터 이상 되었고, 인공적으로 만들어진 자연이 실제처럼 꾸며졌다. 바닥에는 모래와 잔디가 깔렸으며 여러 종류의 나무와 꽃이 조화를 이루고 있었다.

다시 한번 울음소리가 들렸다. 목소리의 주인은 곧 모습을 드러냈다. 창에서 가장 가까운 곳에 있는 나무 뒤에서 고양이 한 마리가 길게 자란 수풀을 헤치며 살금살금 걸어 나왔다. 털이 온통 까만색인 아기 고양이였다. 까만 몸은 그림자처럼 어둠 속에 가려졌지만 파란 눈동자만은 또렷하게 빛났다.

"고양이? 네가 말로만 듣던 고양이니?"

동물이라고는 생츄어리에서 모니터를 통해 본 것이 다였던 크리는 고양이가 마냥 신기했다.

크리는 로미가 고양이에 대해 이야기했던 것이 떠올랐다. 어쩌면 고양이를 따라가면 로미를 만날 수 있을지 몰랐다. 타워에 고양이가 얼마나 많을지 가늠할 수 없었지만, 크리는 저 고양이가 로미가 말한 그 고양이일 것이라는 확신이 섰다.

문제가 하나 있었다. 옥외 정원으로 나갈 방법이 없었다. 크리는 정원이 보이는 창을 따라 걸었다. 도서관 로비까지 나가자 바깥으로 연결되는 문이 하나 보였다. 크리는 손잡이를 잡고 흔들어 보았지만 문은 꿈쩍도 하지 않았다. 잠겨 있는 듯했다.

"나가기만 하면 되는데."

크리는 문을 그냥 부숴 버릴까 하다가 참았다. 잘못하면 감시 로봇이 출동할지도 몰랐다. 가만히 서서 궁리하던 크리는 문 옆에 있는 도어락 패드를 발견했다. 낮에 라키바움은 크리에게 말했다. 타워는 홍채인식, 지문인식과 같은 생체인식을 통해서만 드나들 수 있다고.

크리는 도어락 패드에 눈을 대 보았지만 아무런 반응이 없었다. 혹시나 싶어 손가락을 대 보았지만 마찬가지였다. 그러다 문득 라키바움이 채워 준 와치는 통하지 않을까 하는 생각이 들었고, 도어락 패드에 와치를 대자마자 신호음이 울리면서 문이 열렸다.

"오늘 처음으로 쓸모를 하는구나."

크리는 문을 밀고 옥외 정원으로 나갔다. 잔디밭에 발을 딛자 난생처음 타워 밖으로 나왔다는 것을 실감할 수 있었다. 밤공기가 크리의 몸을 감싸 안았다. 바깥 공기는 실내보다 한결 차가웠다. 크리는 살짝 추위를 느꼈지만 개운하기도 했다. 고도가 높은 곳이기에 바람이 휘몰아치는 것이 정상이겠지만 옥외 정원에는 보이지 않는 에어커튼이 설치되어 있어 기온은 물론 바람까지도 통제가 가능했다.

크리는 다시 아기 고양이에게 시선을 옮겨 조심스레 다가갔다. 크리가 손을 뻗어 만지려 하자 고양이는 뒷걸음질하더니 수풀 사이로 몸을 숨겼다.

"해치지 않아. 너랑 친해지고 싶어. 야오옹."

크리는 로미가 그랬던 것처럼 고양이 울음소리를 내며 다정하게 말을 건넸다. 아기 고양이는 수풀 사이에서 크리에게 시선을 고정했다.

그때 왼편 나무 그늘 아래쪽에서 아기 고양이보다 좀 더 몸집이 큰 고양이 두 마리가 울음소리를 내며 크리에게 다가왔다. 흙먼지에 때가 탄 하얀색 고양이와 검정색과 하얀색이 섞인 얼룩무늬 고양이였다. 두 고양이는 꼬리를 바짝 세우고 크리의 주위를 맴돌며 사납게 울어 대기 시작했다. 크리가 아기 고양이를 공격하는 줄로 아는 듯했다.

"미안……."

크리는 뒷걸음질로 천천히 물러났다. 고양이를 안내자로 삼으려 했지만 고양이들은 크리를 도울 생각이 없는 듯했다. 크리는 한참 떨어진 나무 덤불에 쭈그려 앉았다. 이렇게 된 참에 기상 알림 방송이 나오기 전까지 로미를 기다려 볼 참이었다.

크리는 벌러덩 누워 타워 외벽을 올려다보았다. 매끄러운 외벽 한쪽 끝에 튀어나와 있는 구조물이 보였다. 발코니였다. 로미가 사는 집이기도 한 프레지덩의 관저가 있는 곳이었다. 발코니는 공원 위쪽에 자리했지만 마음만 먹으면 충분히 올라갈 수 있을 만한 높이에 있었다.

크리는 발코니를 보며 혹시 로미가 사는 곳이 저곳이 아닐까, 하고 생각했다. 직감이었다. 크리는 발코니 아래로 가서 위를 올려다보았다. 고양이들도 야옹거리며 크리를 따랐다. 고양이들의 움직임에 크리는 더욱 확신이 들었다. 고양이들은 늘 그랬다는 듯 울음소리를 높이며 합창을 시작했다. 이제 보니 고양이들이 크리를 제대로 안내한 셈이었다.

"야아옹. 끼아옹. 야오옹."

한 고양이가 울다가 다른 고양이가 끼어들어 울고, 둘이 울다가 셋이 울고, 또 혼자 울기를 반복했다. 시간이 얼마나 흘렀는지 모르게 고양이들은 지치지도 않고 울기를 계속했다.

"아우, 시끄러워."

제자리에 서서 고양이들을 가만히 지켜보고 있던 크리는 인내심이 거의 바닥이 날 지경이었다. 발코니 안쪽에서 문을 여는 소리가 들렸다. 누군가 느린 걸음으로 발코니로 나오는 것이 보였다. 아래를 내려다보는 그림자. 어둠이 내린 탓에 얼굴을 제대로 알아보기 어려웠지만, 크리는 알 수 있었다. 그것은 로미였다.

로미는 자기 몸보다 커 보이는 잠옷을 입고 있었다. 지금은 엄연히 건강체들이 잠자리에 들었어야 할 수면 시간이었다. 로미는 고양이들의 울음소리에 밤잠에서 깨고만 것이었다.

고양이들은 로미가 나오자 더욱 맹렬하게 울어 댔다.

"왔구나. 배고프지? 잠깐만."

방 안으로 들어간 로미가 다시 발코니로 나왔다. 버스럭거리는 소리가 나더니 위에서 밧줄을 맨 바구니 하나가 내려오기 시작했다. 로미는 바구니가 흔들려서 균형을 잃고 뒤집히지 않도록 아주 조심스럽게 줄을 내렸다.

몸집이 가장 큰 하얀색 고양이는 바구니를 주시하며 폴짝폴짝

뛰어올랐다. 그보다 작은 두 고양이는 바구니 주위를 빙빙 돌며 야옹거렸다. 보고 있는 크리가 조바심이 날 정도로 바구니는 아주 천천히 내려와 마침내 땅에 닿았다.

고양이들은 바구니에 달려들어 머리부터 처박았다. 그리고는 굵직한 소시지부터 하나씩 낚아채 먹기 시작했다. 먹성 좋은 하얀색 고양이는 금세 소시지 하나를 해치우고 바구니 안에서 빵한 덩어리를 물어다 먹었다. 로미는 바구니 줄을 발코니 난간에 잘 묶어 두었다.

"먹을 만하니? 오늘 저녁에 소시지가 나와서 다행이야. 내일은 생선 요리를 부탁해야겠어. 기대하렴."

로미는 천천히 몸을 낮추더니 발코니 바닥에 엉덩이를 대고 앉았다. 난간 사이로 두 다리를 내놓고 기둥에 머리를 기댄 채 무료한 얼굴로 허공에서 다리를 까딱였다. 크리는 그런 로미를 올려다보며 애처로움을 느꼈다. 영문도 모르고 생츄어리에서 끌려 나와 이곳까지 온 자신의 처지도 그랬지만, 자기만의 어둠에 갇혀 늘 혼자인 로미의 쓸쓸함도 다르지 않은 것 같았다.

크리는 지금 당장 뭔가를 하고 싶어졌다. 그 '뭔가'란 로미를 만나러 발코니로 올라가는 것이었다. 크리는 난간에 매달려 있는 밧줄을 몇 번 당겨 보았다. 밧줄은 튼튼하게 묶여 있었고, 발코니까지의 거리는 그리 멀지 않은 듯했다.

크리는 가느다란 두 팔로 밧줄을 부여잡았다. 그리고 한 발씩

지면에서 떼어 밧줄 위로 올렸다. 크리는 온 신경을 집중했다. 밧줄에 매달린 채 두 팔과 손목, 다리 힘에 의지해 차근차근 올라갔다. 크리의 움직임에 맞춰 밧줄은 위태롭게 흔들렸다. 얼마 지나지 않아 크리의 등줄기를 타고 땀이 흘러 내렸다.

발코니에 채 다다르지 못한 높이에서 크리는 언뜻 발아래로 눈길을 주었다. 그것은 실수였다. 땅에서 볼 때와는 완전히 달랐다. 크리는 순간 공포를 느꼈다. 밧줄을 놓치고 바닥으로 떨어지는 자기 모습을 떠올리고 만 것이었다.

'아, 아래 보지 마!'

크리는 머리를 세게 흔들고 마음을 다잡았다. 다시 내려가기에는 너무 멀리 와 버렸다. 조금 더 힘을 내면 곧 발코니였다. 크리는 훅훅 숨을 몰아쉬며 용기를 불어넣었다.

어느새 크리는 발코니 코앞까지 다다랐다. 손을 뻗으면 금방이라도 난간을 붙잡고 발코니에 올라설 수 있을 듯했다. 로미는 여전히 같은 자세였다. 크리의 존재를 눈치채지 못한 게 분명했다. 간혹 아래쪽에서는 고양이들의 울음소리가 들려왔다.

이제 난간을 붙잡을 때였다. 크리는 밧줄을 잡았던 두 손을 차례로 떼어 난간을 붙잡았다. 그 순간 땀에 젖은 왼손이 미끄러지면서 난간을 놓쳤고 몸이 휘청했다.

"으악!"

크리는 놀란 나머지 소리를 내고 말았다. 오른손에도 점점 힘이 빠지고 있었다. 크리의 비명을 들은 로미는 두리번거리며 주위를 살폈다. 하지만 로미는 눈이 잘 보이지 않는 데다가 사방은 어둠으로 둘러싸 있어서 쉽사리 크리를 찾지 못했다. 로미의 얼굴에 당혹감이 번졌다.

크리는 왼손으로 다시 난간을 붙잡았지만 더 버티기는 무리였다. 살기 위해서는 다른 도리가 없었다. 목소리를 쥐어짜 로미를 향해 외쳤다.

"도와줘!"

크리는 울먹이고 있었다.

"제발 나를 붙잡아 줘!"

또렷한 사람의 목소리에 로미의 표정이 굳어졌다.

"누, 누구세요?"

로미는 목소리에 담긴 절박함을 알아보았고, 일단 돕기로 마음먹었다. 손을 더듬어 가며 로미는 이리저리 눈동자를 굴렸다. 그리고 마침내 밧줄을 매달아 둔 곳, 크리가 매달려 있는 곳에 로미의 시선이 닿았다.

"어디 있어요? 난 눈이 잘 안 보여요. 당신이 내 손을 잡아요!"

로미는 난간 사이로 두 팔을 뻗어 허공에 대고 휘저었다. 크리는 손을 뻗어 로미의 작은 손을 잡았다. 로미가 크리를 끌어올리려 힘을 주자 크리는 왼쪽 다리를 난간에 걸어 올렸다. 가까스로 위험을 넘긴 크리는 마지막 도약을 준비했다.

'죽지 않아. 적어도 지금은 아니야.'

크리는 침착하려고 애쓰며 로미에게 말했다.

"거의 다 됐어. 나를 끌어올려 줘."

로미는 허둥대면서도 고개를 열심히 흔들었다.

"그럴게요. 내가 잡아당길게요."

로미는 크리의 양쪽 겨드랑이에 손을 끼워 넣고 거의 바닥에 눕다시피 했다. 크리와 로미가 함께 사투를 벌이는 그 짧은 순간이 두 사람에게는 아주 길게 느껴졌다.

드디어 크리의 몸이 발코니 위로 완전히 올라왔다. 크리는 신발이 벗겨져 까만 발바닥을 드러냈고, 로미는 바닥에 널브러져 가슴이 오르락내리락할 정도로 거칠게 숨을 골랐다.

크리와 로미는 그렇게 한참을 머리를 맞댄 채 하늘을 보고 누워 있었다.

"저기, 고양이 밥 남았어? 나도 배가 고프거든."

로미는 크리의 말에 웃음이 나왔다.

"그럼요. 고양이들이 언제 찾아올지 모르니까요."

"배고프다고 여기까지 올라온 고양이는 처음이지?"

크리도 왠지 웃음이 나왔다.

"처음이에요."

조용히 킥킥거리던 둘은 어느 순간 웃음보가 터졌다. 웃느라고 호흡에 엇박자가 나서 캑캑거렸지만 웃음은 끊이지 않았다.

주위는 고요했다. 밤하늘은 짙고 공기는 상쾌했다. 광년 단위로 떨어진 별들이, 빛을 선물하는 우주가 두 사람을 이불처럼 덮어 주었다.

19

크리는 로미가 이끄는 대로 발코니에서 방 안으로 들어갔다. 실내는 훈훈했다. 크리는 발바닥에서부터 포근함을 느꼈다.

방에는 가구가 많지 않았다. 커다란 침대 하나와 의자 두어 개, 침대 옆 낮은 탁자와 그 위에 놓인 책 몇 권. 바닥에도 두세 권의 두꺼운 책이 펼쳐져 있었다.

크리는 침대 끄트머리에 어색하게 걸터앉았다. 살짝 발돋움해야 할 만큼 침대가 높았다. 로미도 크리와 얼마쯤 거리를 두고 침대 위에 올라앉았다. 그때 크리의 배 속에서 꼬르륵하고 소리가 울렸다. 크리는 부끄러움에 얼굴이 붉어졌다. 아침에 라키바움이 가져다 준 음식을 넘치게 먹었지만 이미 소화된 지 오래였다.

"어쩌죠. 아까 바구니에 담아 보내는 바람에 남은 것이 별로 없네요. 빵 두 덩어리뿐이에요. 잠깐만요. 과자가 있어요. 사탕도 있을 텐데. 금방 가져올게요."

로미가 벽을 더듬거리며 몸을 일으키자 크리는 갑자기 불안이 일었다. 크리는 로미의 손목을 잡아 다시 자리에 앉혔다.

"어디 가려고?"

"응접실에요. 멀지 않아요. 한 층만 내려가면 돼요."

"내가 여기 있다는 걸 감시자들에게 알리려는 건 아니고?"

크리는 날선 자신의 목소리에 놀랐다. 정원에서 발코니까지, 발코니에서 이 방까지 온 것은 누가 시켜서가 아니었다. 자기 발로 찾아오기는 했지만 어쨌거나 이곳은 적들의 공간이었다. 절대 긴장을 늦추어서는 안 되었다.

'약해지면 안 돼. 이 아이가 친절을 베푼다고 해도 내가 잠복체라는 사실은 달라지지 않아. 이 아이도 별 수 없는 건강체 중 하나야. 잠복체들을 생츄어리에 처넣고 죽을 때까지 빛 한 번 보지 못하게 만든 건강체.'

로미는 손목에서 크리의 손을 끄르더니 크리의 손을 잡았다. 크리는 따뜻함을 느꼈다. 로미의 체온에 급습당한 기분이었다. 모든 생각이 멈추었고, 온 신경이 로미에게 붙잡힌 손에 쏠렸다.

"응접실에 가서 초콜릿이라도 가져올게요. 조금만 기다려요."

크리는 멈칫했다. 겉으로 보기에도 로미는 공격하기 아주 쉬운 상대였다. 막연한 믿음이었지만 크리는 로미에게 기회를 주고 싶었다. 어쩌면 매 순간 긴장하고 날을 세우는 것에 지쳤는지도 몰랐다. 그렇게 마음이 기울려 할 때, 크리는 이를 악물고 로미에게 따져 물었다.

"나를 고발할 거지?"

크리는 로미의 손을 떨치고 그의 옷소매를 그러쥐었다. 로미는 크리의 목소리에서 불안을 읽었다. 눈앞의 물체를 알아볼 수 있을 만큼 시력이 남아 있을 때 보았던 고양이의 얼굴이 떠올랐기 때문이다.

수풀 뒤에 숨어 푸른 눈동자를 번득이던 고양이. 그 고양이가 사람의 목소리를 가졌다면 지금 크리처럼 말할 것 같았다. 원래 타워에서 고양이는 건강체의 눈에 띄면 질병관리국으로 끌려가 살처분되었다. 그렇기에 고양이는 늘 숨어 사는 신세였다. 이 순간 로미에게 크리는 그때 본 조그만 고양이를 떠올리게 했다.

"금방 돌아올게요. 나를 믿어요."

로미는 자기를 붙든 크리의 손 위에 자기 손을 겹쳤다. 크리가 손을 빼서 다시 로미의 손목을 잡았다.

"가지 마."

크리가 강한 어조로 말하자 로미는 순순히 손을 맡기고 다시 침대로 돌아왔다. 크리는 그러면서도 로미가 균형을 잃고 넘어지지 않도록 주의를 기울였다.

"안 먹어도 돼?"

크리는 식었지만 여전히 빵 냄새가 고소하게 올라오는 하얀 빵 하나를 입에 넣고 순식간에 씹어 삼켰다. 남은 빵 하나를 더 먹으려다 멈칫하고 로미를 쳐다보았다.

"괜찮아요."

크리는 남은 빵을 씹으며 되도록 빵이 입안에 오래 머물기를 바랐다. 마지막 단맛이 침과 함께 꿀꺽 사라졌다. 배를 채우기에는 아쉬운 양이었다.

"당신은 도서관에…… 사나요?"

로미가 쭈뼛거리며 물었다. 더 많은 것을 묻고 싶었지만, 로미는 질문이 혹여 비밀이 많은 크리를 더 움츠러들게 할까 봐 염려되었다. 크리는 대답하지 않았다. 로미는 자기가 무슨 잘못이라도 한 것이 아닌가 불편한 마음이 들었다.

"좀 쉴래요? 내 침대를 써요. 나는 바닥에서 자도 돼요. 가끔 그렇게 하니까 괜찮아요. 아버지가 알면 질색하시겠지만요. 의자 두 개를 붙여 놓고 자 본 적도 있어요. 그렇게 하면 다른 곳에 와 있는 느낌이 들거든요. 구시대에는 그런 걸 여행이라고 불렀대요."

로미는 침대머리에 놓인 베개 중 하나를 품에 안았다. 크리는 로미가 하는 대로 그저 지켜보았다. 그럴 생각까지는 없었는데, 로미 말대로 침대에서 한번 자 보고 싶기도 했다. 졸립고 지치기도 했지만 차갑고 딱딱한 수면반이 아닌 침대에서 자는 것은 어떤 기분일지 궁금했다.

크리는 한 손으로 살며시 침구를 쓸어 보았다. 이불의 감촉은

보드랍고 폭신했다. 살결에 닿는 이불의 느낌이 기분 좋았다. 크리는 나른한 기분이 들어 이불에 얼굴을 푹 파묻었다. 이불 주위로 희미하게 익숙한 냄새가 났다. 크리는 곧 냄새의 정체를 기억해 냈다.

크리는 누군가에게 가슴을 세게 맞은 것 같았다. 마음이 뻐근했다. 이불을 '알아보았기' 때문이다. 그것은 세탁 작업장의 냄새였다. 크리가 평생 빨고 건지고 나르던 '빨래' 냄새였다.

눈을 뜨고 일어나면 매일매일 해야 했던 가혹한 노동, 지긋지긋한 빨래. 정작 잠복체들은 사용해 본 적 없는 수천, 수만 장의 이불과 옷, 식탁보, 리넨 냅킨, 손수건 들을 건강체들은 이렇게 버젓이 누리며 살고 있었다. 건강체들이 쓰다가 더러워지면 잠복체들은 그것들을 빨고, 삶고, 건조하고, 소독하고, 다림질해서 다시 건강체들에게 올려 보냈다.

잠복체들의 노동이 깃든 것은 빨래뿐만이 아니었다. 크리가 먹은 빵과 과자 같은 음식들도 잠복체들의 노동, 아니 노역으로 얻어 낸 것들이었다.

건강체들은 바이러스를 보유한 잠복체를 더럽게 여겼지만, 그러면서도 잠복체들의 손과 땀으로 만든 것을 먹고, 마시고, 입고 누렸다. 잠복체들이 없으면 건강체들은 제 손으로 아무것도 생산할 수도, 생존할 수도 없었다. 오늘날 세계의 시스템은 그렇게 구성되어 있었다.

크리는 이불을 손바닥으로 쓸며 이제까지 생각하지 못했던 진실을 깨달았다. 크리는 건강체와 잠복체 들의 삶이 이렇게나 멀고도 먼, 천국과 지옥처럼 극단적으로 멀리 떨어진 세계라는 사실에 소름이 끼쳤다.

크리가 울음을 터트렸다. 꺼억꺼억 소리를 내며 눈물과 콧물로 이불을 적셨다. 울음소리와 함께 크리는 가슴속에 맺혀 있던 단단한 슬픔의 덩어리를 토해냈다.

로미는 별로 놀란 기색이 없었다. 크리가 우는 이유는 몰랐지만 크리가 하고 싶은 대로 두어야 한다는 것은 알았다. 크리가 우는 것이 마음이 아플 뿐이었다. 로미는 크리가 마음껏 울게 두는 것 말고는 해 줄 수 있는 것이 없어 안타까웠다.

로미는 망설이다 아주 천천히, 크리의 몸을 쓰다듬었다. 머리를 만질 생각으로 손을 뻗었지만, 로미의 손이 닿은 곳은 크리의 어깨였다. 로미의 손이 크리의 어깨에서 등을 따라 움직였다. 손길을 느낀 크리는 울다가 그만 멈칫했다. 온몸에 전기가 흐르는 것 같았다.

번득 크리의 머릿속에 할리 아줌마와의 기억이 떠올랐다. 빗으로 머리를 빗겨 주던 아줌마의 손길이, 그 감각이 되살아나는 것 같았다. 결국에 감시자들에게 들켜 빗을 빼앗겼지만 할리 아줌마는 틈이 날 때마다 크리의 머리칼에 손가락을 넣어 머리카락이 엉키지 않게 빗어 주고는 했다.

로미는 서툴렀지만 할리 아줌마처럼 크리를 다정하게 쓰다듬고 있었다.

"마음 놓고 울어도 돼요. 여기에는 나밖에 없어요."

로미는 서서히 시력을 잃게 될 것이라는 이야기를 주치의에게 처음 듣던 날을 떠올렸다. 그날 수면 시간, 로미는 베개에 얼굴을 파묻고 눈물을 흘렸다. 얼굴도 기억 나지 않는 엄마가 그리운 날, 이 세상에 혼자라는 생각이 드는 날에도 로미는 베개에 얼굴을 파묻었다.

로미는 지금 크리가 느낄 슬픔을 안아 주고 싶었다. 나도 그 슬픔을 안다고, 말해 주고 싶었다.

크리는 이제 어떻게 해야 할지 몰랐다. 크리에게 하나뿐인 사람, 유일한 가족인 할리 아줌마가 어디 있는지도 알 수 없었다. 현실이 크리를 무겁게 짓눌렀다. 크리는 할 수만 있다면 로미에게 마음의 짐을 모두 풀어놓고 싶었다. 그렇게라도 마음이 가벼워지면 좋겠다고 생각했다.

"너에게 말하지 않은 비밀이 있어."

크리가 천천히 로미 쪽으로 몸을 기울였다. 서로 코가 맞닿을 만큼 두 사람의 얼굴이 가까워졌다.

"나, 사실 잠복체야."

크리는 '잠복체'라는 말을 한 글자씩 힘겹게 내뱉었다.

"어때? 이제 내가 무섭지? 더럽지?"

로미는 아무런 반응을 보이지 않았다. 그러다 문득 손을 들어 크리의 얼굴을 더듬었다. 이번에는 단번에 크리의 얼굴을 찾았다. 로미는 크리의 볼에 손을 대고 가만히 있었다.

"당신은 내게 책을 읽어 주었어요. 무서운 사람일 리 없어요. 고양이들도 알아보잖아요. 바이러스가 있고 없고가 좋은 사람, 나쁜 사람을 결정하지는 않아요."

로미의 말에 크리는 자신의 이마를 로미의 이마에 가져다 대었다. 크리는 가슴에 박혀 있던 큰 돌덩이를 누군가 치워 준 것 같았다.

"그래도 아무에게도 말하지 마. 비밀로 해 줘. 그럴 수 있어?"

로미는 고개를 끄덕였다.

'봉인.'

크리는 라키바움에게 배운 낱말이 떠올랐다. 비밀 편지에 밀랍을 녹이고 인장을 찍어 함부로 편지를 열어 볼 수 없게 하는 것. 라키바움은 그것을 '봉인'이라고 했다.

"고마워. 네게 내 비밀을 봉인할게."

크리는 로미의 입술에 자기 입술을 붙이고 마음속으로 하나, 둘, 셋을 세고 떼었다. 둘의 얼굴에 동시에 발간 기운이 떠올랐다. 로미는 고개를 들어 잘 보이지 않는 눈으로 크리와 눈을 맞추었다. 이 순간만큼 두 사람은 서로를 가장 잘 이해할 수 있었다.

20

기상 음악이 아침 공기를 뒤흔들었지만 로미는 그 소리가 나른하게 들렸다. 잠에서 깨어 눈을 뜰 때 슬픈 기분이 들지 않는 것은 처음이었다. 크리는 잠에서 깨기가 못내 아쉬웠다. 짧은 잠이 다디달았기 때문이다. 수면반에서 자던 때와는 질적으로 비교할 수 없을 정도였다.

"해가 떴잖아!"

포근한 이불에 묻혀 있던 크리는 순간 정신이 번쩍 들었다. 하마터면 비명을 지를 뻔했다. 이곳이 로미의 방이라는 사실이 생각난 바람에 두 손으로 입을 틀어막아야 했다.

"깜빡 잠들어 버렸어. 도서관장실로 돌아갔어야 했는데."

창밖에서 들어오는 햇빛을 보며 크리는 우는 얼굴이 되었다. 로미도 크리를 따라 우는 얼굴이 되었다. 크리에게 나쁜 일은 이제 로미에게도 나쁜 일이었다.

"꼭, 돌아가야 하나요? 그냥 여기 있으면 안 돼요?"

"응. 내가 있어야 할 자리는 따로 있어. 돌아가야 해."

그렇게 말하면서도 크리는 흔들렸다. 도서관장실로, 그러니까 라키바움에게 돌아가야 했지만 꼭 그래야 한다는 법은 없었다. 자발적이지는 않았지만 어쨌든 생츄어리를 벗어났고, 자신을 납치했던 라키바움한테도 멀어졌다.

"생각해 보니 돌아갈 이유가 없네……. 나 여기 좀 더 있어도 될까?"

"물론이죠. 얼마든지 있어요."

로미의 목소리가 한층 밝아졌다.

"그런데 왜, 왜 꼭 가야 해요?"

로미는 마음속으로 언제까지나 자신과 함께하면 안 되냐고 묻고 싶었다. 하지만 차마 용기가 나지 않았다.

로미가 축 처져 있는 동안 크리는 마음속으로 달리고 있었다. 돌아가지 않아도 된다면, 그다음은 할리 아줌마가 있는 곳을 찾아야 했다.

크리는 생각을 이어 갔다. 머릿속에서 도착한 곳은 도서관장실이었다. 라키바움이라면 할리 아줌마가 어디에 있는지 알고 있을 것이 분명했다. 라키바움은 타워의 중앙컴퓨터라고 했으니까. 처음 크리를 납치했을 때도 라키바움은 크리가 특별 관찰실에 있다는 것을 알고 있었다.

"아무래도 도서관장실로 돌아가야겠어."

크리가 말했다. 로미의 얼굴에 일순간 그림자가 졌다.

"나는 가야 해."

"여기 좀 더 있어도 되잖아요."

로미는 절박한 목소리로 말했다.

"하지만, 너도 알다시피 난 잠시도 여기 있어선 안 돼."

"난 아무것도 몰라요. 당신이 누군지도, 왜 도서관에 숨어 있는지도 몰라요."

로미는 울먹이며 소리쳤다. 크리는 로미를 끌어당겨 힘껏 안았다. 그리고 하얗고 투명한 로미의 얼굴을 두 손으로 감쌌다. 로미의 눈동자에 물기가 가득했다. 크리는 그 눈동자에 비친 자기 얼굴을 보았다.

"난 크리야. 내 이름은 크리."

"나, 나는 로미예요."

"도서관장실에 다녀올게. 해가 지고 처음 만났던 도서관에서 다시 만나자."

"네. 우리 곧 만나요."

로미는 고개를 끄덕였다. 포옹으로 전해진 크리의 온기가 로미에게 아직 남아 있었다. 발코니로 나가 난간을 넘어가려는 크리를 향해 로미가 나지막이 말했다.

"꼭 만나요."

두 사람이 작별을 나누는 사이 갑자기 방문이 열렸다. 누군가 방 안으로 들어왔다. 라키바움이었다.

"크리? 네가 왜 여기에 있어?"

라키바움은 발코니에 있는 두 사람을 발견하고 거의 소리를 질렀다. 로미도, 크리도 라키바움에게서 한 번도 본 적 없는 거칠고 사나운 모습이었다.

"밤새 돌아오지 않아서 얼마나 걱정했는데. 여길 오다니, 도대체 무슨 생각이었던 거야?"

로미는 화를 내는 라키바움이 낯설어 꼼짝하지 못했다.

"로미 님, 괜찮으신가요?"

"네…… 저는 괜찮아요."

그때 크리가 끼어들었다. 크리는 라키바움의 기세에 지지 않았다. 눈을 치켜뜨며 다그쳤다.

"할리 아줌마 어디 있어?"

"……"

"왜 말하지 않았어? 당신은 아무것도 모르는 척했어."

크리는 주위를 둘러보다가 달려가 책상 위에 있던 돌로 된 문진을 잡아챘다.

"여기까지는 어떻게 온 거야? 들키기라도 하면……"

크리는 라키바움의 말을 끊었다.

"할리 아줌마가 어디 있는지 알잖아. 어서 말해!"

크리는 라키바움에게 달려들었고 라키바움의 목에 매달려 문진을 든 손을 치켜들었다. 하지만 라키바움은 아무런 반응이 없었다. 발버둥 치거나 애써 벗어나려 하지 않았다.

라키바움은 버텨 보려 했지만 이내 주저앉았다. 바닥에 쓰러진 라키바움은 여전히 자기 목에 매달려 있는 크리에게 말했다.

"지하 실험실에 끌려갔다는 것까지만 알아. 그다음은 나도 몰라. 지하 실험실에 관련된 건 나에게도 기밀이야."

"지하 실험실이 어디야?"

라키바움은 한숨을 내쉬었다.

"생츄어리 아래층. 지하 18층."

크리가 라키바움에게 떨어져 나왔을 때였다. 문 밖에서 노크 소리가 들려왔다.

"로미, 들어가도 되겠니?"

방 안에 있는 세 사람의 얼굴이 새하얘졌다. 다행이라면 아직 크리가 홀로그램 목걸이를 하고 있어 피부가 분홍빛이라는 것이었다.

"네, 네. 아버지, 라, 라키바움이 와 있어요."

로미는 태연한 척하려 했지만 말을 더듬고 말았다. 곧 문이 열렸고 프레지덩이 들어왔다.

"라키바움, 아침부터 어쩐 일인가요?"

"네, 프레지덩 님. 로미 님께 오늘 연회의 환영사에 관해 이야기를 드리러 왔습니다."

"그렇군요. 그런데 저 아이는 누구죠? 로미 네 친구니?"

로미는 대답하지 못했다. 라키바움이 기지를 발휘했다.

"제 학생입니다. 아버지의 학교에서 예술 영재로 추천받은 학생이에요. 워낙 재능이 탁월해 제가 따로 가르치고 있답니다. 로미 님에게도 도움이 될 것 같아 제가 데리고 온 것입니다."

"라키바움이 인정할 정도로 훌륭한 학생이라니, 얼마나 재능이 뛰어난지 궁금하군요. 반가워요, 크리 양."

프레지덩은 손을 내밀어 크리에게 악수를 청했다. 머뭇거리던 크리는 조심스레 프레지덩의 손을 잡았다. 그러자 크리는 순간적으로 두통을 느꼈다. 머릿속이 캄캄해지는 듯했다. 크리는 내색하지 않으려 다른 한 손을 힘껏 주먹 쥐었다.

"그럼 오늘 연회에서 크리 양이 로미와 함께 환영사를 하면 어떨까요? 어렵지는 않을 거예요. 프롬프터에 나오는 대사만 자연스럽게 읽으면 되니까요. 건강체의 영제너제이션인 두 사람이 함께하면 연회가 아주 의미 있겠어요."

크리가 대답이 없자 라키바움이 나서서 명령을 받들었다.

"네. 그렇게 준비하겠습니다."

프레지덩은 곧 방을 떠났다. 세 사람은 약속이라도 한 것처럼 동시에 한숨을 내쉬었다. 라키바움은 거짓말의 후유증인지 편두통을 느꼈다.

3부

하이타워

21

"로미 님까지 이러실 필요는……."

라키바움은 크리와 함께 지하 실험실에 가겠다는 로미를 말릴
수 없었다.

"크리, 꼭 오늘이어야 해? 네 친구는 오늘이 아니라도 구할 수
있잖아."

"오늘이어야 해. 아줌마가 무사한지만 확인하고 올게."

지하 실험실은 특별 관찰실보다 더하면 더했지 덜한 곳은 아닐
터였다. 지하 실험실이라니. 크리는 지금 이 순간에도 할리 아줌
마에게 무슨 일이 일어나고 있을지 상상할 수 없었다. 한시가 급
했다.

"꼭 가야겠다면 무슨 일이 있어도 연회가 시작되는 정오 전에
는 돌아와야 해."

"오래 걸리지 않을 거야."

라키바움은 두 사람이 지하 실험실까지 가는 데 나오는 층간이동기와 출입문을 무사히 통과할 수 있도록 와치에 기능을 업데이트해 주었다. 이제 라키바움은 연회 준비를 위해 프레지덩의 집무실로 가야 했다.

크리와 로미는 층간이동기를 몇 차례 갈아타고 지하 18층에 다다랐다. 지상층에서 지하층으로 내려갈 때는 철저하게 보안을 유지한 층간이동기를 타야 했는데, 라키바움이 손써 준 덕분에 어렵지 않게 지하 18층까지 올 수 있었다.

아직 오전이었지만 지하에는 빛이 전혀 들지 않아 어두웠다. 간헐적으로 있는 형광등 불빛이 겨우 어둠을 밝히고 있었다. 지하층은 처음인 로미는 습하고 불쾌한 냄새가 섞인 공기를 온몸으로 느꼈다.

지하 실험실의 출입문은 강철로 된 벽처럼 보였다. 크리는 출입문 옆에 있는 도어락 패드에 와치를 가져다 댔다. 문에서 무거운 걸림쇠가 풀리는 소리가 들렸다. 로미는 움찔하더니 문에서 물러섰다. 문이 드드드 하는 소리와 함께 위로 올라가기 시작했다. 문이 완전히 열리자 안쪽에서 눈이 시리도록 하얀 빛이 쏟아져 나왔다. 사면이 온통 흰색이었다.

크리는 로미의 손을 잡아 자기 팔을 붙잡게 했다. 두 사람이 안으로 오 미터쯤 들어왔을 때 등 뒤에서 문이 다시 철컹하고 닫혔다. 크리는 침을 꼴깍 삼켰고 로미는 놀란 가슴을 애써 잠재웠다.

"여기 어딘가에 할리 아줌마가 있어."

복도에 접어들자 크리는 마음이 급해졌다. 복도 양쪽으로 방들이 늘어서 있었다. 문마다 동그란 관찰창이 달려 있었다. 크리는 발돋움해서 첫 번째 방을 들여다보았다.

방의 정체는 격리실이었다. 창 너머로 실험대에 결박된 채 누워 있는 잠복체가 보였다. 몸 여기저기에 연결된 튜브가 뭔지 알 수 없는 약병과 연결되어 있었다. 잠복체는 목구멍 안쪽에서 힘겹게 소리를 끌어냈다.

"으…… 으…… 흐어어……."

그 모습이 너무도 참혹해서 크리는 차마 지켜볼 수 없었다.

"끔찍해. 사람이 사람에게 어떻게……."

크리는 흐느끼기 시작했다. 입을 틀어막았지만 신음이 손가락 사이로 새어 나왔다.

"크리, 힘내야 해요. 아줌마를 찾아야죠."

로미는 크리가 안정될 때까지 크리의 이름을 불렀다. 크리는 마음을 다잡으려 노력했다. 로미의 말처럼 얼른 할리 아줌마를 찾아야 했다.

첫 번째 격리실을 지나 다음 격리실들을 차례대로 살폈다. 격리실마다 실험대에 묶여 있는 잠복체들이 있었다. 복도 끝 코너를 안쪽으로 들어가자 아까와 똑같은 형태의 복도가 나왔다. 마찬가지로 양옆으로 격리실들이 늘어서 있었다. 이런 식으로 복도는 끝없이 이어질 것 같았다. 그것은 곧 무수히 많은 잠복체가 이곳에 갇혀 강제로 생체실험을 당하고 있다는 것을 뜻했다.

크리와 로미는 네 번째 코너를 지났다. 복도의 오른쪽 첫 번째 격리실, 그곳에 할리 아줌마가 있었다. 크리는 단번에 아줌마를 알아보았다. 매일같이 그리워하던 사람을 못 알아볼 수는 없었다. 크리는 와치를 사용해 문을 열었다. 아줌마는 실험대 위에서 손발이 묶인 채 죽은 듯이 누워 있었다.

크리는 할리 아줌마를 끌어안고 아줌마의 품에 얼굴을 비볐다.

"아줌마, 눈 떠. 내가 구하러 왔어!"

아줌마는 의식이 없었다. 숨을 쉬는 것 같았지만 숨소리는 거의 들리지 않을 만큼 가늘고 짧았다. 크리는 할리 아줌마의 손과 발에 채워진 잠금 장치를 풀어 주려 했지만 힘으로는 끄떡도 하지 않았다. 방법을 찾을 수 없었다. 크리는 하염없이 울면서 아줌마의 얼굴을 쓸었다. 지상에서 담아 온 온기를 아줌마에게 전해 주기라도 하려는 듯이.

"같이 태양을 보러 가야지. 저 위에 빛이 있어. 어서 가자. 가자니까!"

크리는 라키바움이 한 말을 떠올렸다. 파드는 강력한 힘이라고 했다. 하지만 크리는 파드를 정확히 어떻게 사용하는지 몰랐다.

크리는 눈물을 훔치고 책을 읽을 때처럼 정신을 집중했다. 아줌마를 살린다는 생각만 남기고 다른 생각들은 머릿속에서 지우려고 애썼다.

'일어나, 아줌마. 제발.'

십여 분쯤 흘렀을까. 할리 아줌마가 반응을 보였다.

"크, 크리."

미약하지만 분명 크리를 부르는 소리였다.

"아줌마!"

할리 아줌마가 눈을 떴다. 눈꺼풀은 올라갔지만 눈동자는 움직이지 않았다. 크리는 아줌마의 입가에 귀를 바짝 가져다 댔다. 아줌마의 숨에서 고약하고 불길한 냄새가 났다.

"크리…… 귀한, 나의 태양……."

할리 아줌마가 숨결에 흘려보낸 마지막 말이었다.

아줌마는 그렇게 숨을 거두었다. 크리는 아줌마를 흔들어 댔지만 바뀌는 것은 없었다. 크리는 할리 아줌마의 품에 얼굴을 묻은 채 울부짖었다. 로미는 슬퍼하는 크리 옆에서 울음 섞인 목소리로 크리의 이름만 연신 불렀다.

그때였다. 실험대가 요동치기 시작하더니 실험대의 한쪽이 땅에서 살짝 들렸고 바닥에 부딪히며 덜거덕거렸다. 주변에 놓인 실험도구와 장비 들은 들썩이다 못해 사방으로 튕겨져 나갔다. 진동은 점점 더 격렬해져 지진처럼 지하 18층 전체를 흔들었다.

"크리! 여기서 나가야겠어요!"

서 있기도 힘들 만큼 진동이 심해졌다. 로미는 크리를 붙잡으려 두 손을 휘저었다.

"에엥, 에엥, 에엥. 안전을 위해 지하 실험실 밖으로 대피하십시오. 안전을 위해 지하 실험실 밖으로 대피하십시오."

경보음이 메아리쳤다.

크리 몸에서 하얀 섬광이 뿜어져 나왔다. 로미는 눈을 찌르는 듯한 강한 빛에 고개를 돌렸다.

"크리! 크리!"

로미는 이 순간 자기가 할 수 있는 유일한 일은 크리를 부르는 것뿐임을 알았다. 그래서 더 크게 크리의 이름을 불렀다.

"크리! 위험해요. 여기서 나가야 해요. 크리!"

크리는 여전히 울부짖었고 흔들림은 한동안 계속되었다. 눈부심과 귀를 쑤셔 대는 전파음은 모든 감각을 마비시킬 만큼 강력했다. 로미는 두 눈을 감은 채 비틀거렸다.

얼마나 시간이 흘렀을까. 크리의 울음소리가 잦아들자 거짓말처럼 모든 것이 멈추었다. 진동도, 빛도, 소음도 전부 사라져 버렸다.

로미는 자리에서 일어서다가 균형을 잃고 쓰러졌다. 로미는 크리를 찾기 위해 손을 뻗었다. 더듬거리며 크리의 다리를 찾아 붙잡았다.

"괜찮아요?"

돌아오는 대답이 없었다. 제자리에 서 있던 크리는 그대로 힘을 잃고 쓰러졌다. 바람 빠진 인형처럼 푹 하고 힘없이 쓰러져 버렸다.

22

"경보 시스템의 오류인 듯합니다. 지하 실험실 출입문이 오작동하면서 경보가 잘못 울린 것으로 추정됩니다. 개별 격리실에서 사라진 실험체는 없습니다."

좀 전까지 지하 실험실을 수색하고 돌아온 수행원이 프레지덩에게 상황을 보고했다.

"확실한가요?"

프레지덩은 석연치 않다는 듯 팔짱을 끼었다. 라키바움은 프레지덩의 불편한 심기를 눈치채고 수행원 쪽으로 몸을 기울였다. 그리고 프레지덩에게 들리지 않게 속삭였다.

"아무것도 발견되지 않은 게 확실한가요?

라키바움은 수행원을 압박하는 것처럼 굴었지만 속내는 달랐다. 그 시간, 지하 실험실에 크리와 로미가 있었다는 것을 알기 때문이었다. 무슨 일이 생겼다면 분명 두 아이와 관련된 일일 것이 분명했다. 라키바움은 은근하게 알아내려 했지만 수행원은 정말로 아는 것이 없는 듯했다. 수행원은 모든 보고를 마치고 조정실 쪽으로 뛰어갔다.

라키바움은 두 아이의 행방이 걱정되었다. 하지만 지금 당장 해야 할 일이 넘쳐났다. 연회 전에 지하 실험실 공개 리허설을 진행해야 했고, 세계정부 각료들 등 건강체 상류층들을 맞이해야 했다. 연회 생중계를 위한 방송 준비가 잘되었는지도 서둘러 확인해야 했다.

"라키바움."

프레지덩은 공연히 라키바움을 불렀다.

"네, 프레지덩 님."

"늘 그랬듯이 오늘도 잘 부탁해요."

크리와 로미는 지하 실험실에서 황급히 도망쳤다. 로미가 크리 대신 와치를 도어락 패드에 스캔하다가 실수를 해서 경보기가 울리기도 했지만 경비대가 출동하기 전에 빠져나올 수 있었다. 지상 1층으로 올라온 둘은 연회가 열리는 타워의 최고층인 107층 하이타워로 가기 위해 층간이동기를 갈아탔다.

지하 실험실에서 벗어나기 전 크리는 반쯤 정신이 나간 사람처럼 보였다. 제대로 숨도 쉬지 못했다.

"크게 숨을 들이쉬고 내뱉어요."

로미는 그런 크리를 도우려 애썼다.

곧 정오였다. 연회가 시작될 시간이었다. 로미는 프레지덩을 실망시키고 싶지 않았다. 그러려면 제시간에 연회장에 도착해야 했다.

"일단 연회장으로 가요."

로미는 크리를 설득했다. 하지만 크리는 여전했다. 눈동자는 초점을 잃었고 로미의 말에 어떠한 반응도 보이지 않았다. 로미는 크리를 데리고 어떻게 해서든 하이타워로 가야 한다고 생각했다.

로미는 주머니에서 비상용으로 가지고 다니던 시력 보조기를 꺼내 썼다. 프레지덩에게 시력 보조기를 쓴 모습을 보이고 싶지 않아 지금까지 사용한 적은 없었다. 건강체를 대표하는 위치에서 나약함을 증명하는 것처럼 느껴졌기 때문이다. 하지만 지금은 선택권이 없었다.

로미는 크리를 부축해서 겨우 107층까지 올라올 수 있었다. 하지만 여전히 크리의 상태는 걱정스러웠다.

타워의 최상층, 하이타워는 사방이 유리로 둘러싸여 있었다. 유리벽 바깥으로는 황량한 땅이 까마득하게 내려다보였다. 정오의 태양이 머리 위에서 뜨겁게 빛을 쏟아 냈다.

하이타워는 연회에 참석한 건강체들로 붐볐다. 로미는 사람들 눈에 띄지 않게 크리의 허리를 감싸고 한 걸음씩 나아갔다. 외부

인이 많아 다행히 크리의 모습은 눈에 잘 띄지 않았다.

크리의 눈이 이글거렸다. 곁에 있는 로미가 느낄 정도로 에너지가 뿜어져 나오고 있었다. 저만치 하이타워 북쪽 끝으로 연회장이 보였다. 그곳에 프레지덩과 라키바움이 사람들에게 둘러싸여 있었다.

프레지덩이 로미를 알아보고 고갯짓을 했다. 로미는 마음이 급해졌다. 크리를 자기 몸 쪽으로 바짝 당기고 걸음을 재촉했다. 그 사이 크리는 기운을 차려 갔다.

"로미, 어서 오렴."

로미와 크리가 프레지덩에게 다가가자 주위에 있던 사람들이 양쪽으로 갈라지며 길을 내주었다. 프레지덩은 로미가 시력 보조기를 쓴 것을 보고 흠칫했지만 이내 놀란 기색을 거두었다.

"로미 님!"

"우리의 후계자."

사람들은 저마다 로미에게 알은체를 했다. 누군가는 박수를 쳤고, 또 누군가는 손을 뻗어 로미의 머리카락이나 옷자락을 만졌다. 모두가 들떠 보였다.

로미와 크리는 연회를 진행하는 이들의 안내에 따라 옷을 갈아입었다. 그리고 다시 연회장으로 나와 프레지덩과 라키바움 사이에 섰다.

"친애하는 세계정부 각료 여러분, 그리고 건강체를 대표하여 이곳에 방문해 주신 여러분을 환영합니다."

프레지덩은 힘 있는 목소리와 구김살 없는 얼굴로 연회의 시작을 알렸다. 수십 가지의 요리와 샴페인, 그리고 은은하게 흐르는 음악. 백화, 장미, 글라디올러스, 아이리스, 라넌큘라스 등 갖가지 생화들을 아낌없이 장식한 연회장은 꽃향기가 진동을 했다. 멀미가 날 정도였다.

연회장을 가득 메운 건강체들은 프레지덩이 개최한 연회에 초대받았다는 것만으로 한껏 심취해 있었다. 그도 그럴 것이 이 자리는 건강체들 중에서도 상류층, 그중에서도 지극히 일부만 참석할 수 있었다.

블루Z바이러스 치료제 개발과 유전자 연구를 위한 후원금 모금이라는 목적으로 마련된 행사였지만, 건강체들에게 이 자리는 자신들의 특권을 확인하고 권력을 증명하는 자리로 읽혔다. 이 순간 연회를 즐기지 못하는 사람은 크리와 로미, 그리고 라키바움뿐이었다.

"오늘 연회의 환영사는 아주 특별한 두 분이 해 주실 겁니다. 건강체의 미래인 영제네레이션 두 사람을 소개합니다. 제 아들 로미, 그리고 아버지의 학교 영재를 대표하는 크리 양입니다."

모두의 시선이 크리와 로미에게 향했다. 이제 둘에게 주어진 배역을 연기할 시간이었다.

로미는 서 있던 자리에서 앞으로 나가 스탠드 마이크 앞에 섰다. 크리는 바닥에 붙은 듯 꼼짝하지 않았다. 로미는 침착하게 뒤돌아 크리를 보았다. 로미와 크리의 눈이 마주쳤다.

로미는 시력 보조기를 쓰고 처음으로 크리의 얼굴을 제대로 볼 수 있었다. 이렇게 마주한 크리의 얼굴은 목소리만 듣고 상상했던 것보다 훨씬 오밀조밀했다. 홀로그램 목걸이를 걸고 있어서 얼굴은 여전히 분홍색이었지만 로미는 크리의 피부가 파란색이라도 잘 어울렸겠다고 생각했다.

'함께해요.'

로미는 눈으로 말했다. 크리의 눈도 로미에게 무언가를 말했다. 로미는 크리의 눈에서 '함께하자'라는 답을 읽을 수 있었다.

크리가 로미가 있는 곳까지 걸어 나왔다. 두 사람이 나란히 서자 기다리던 청중들이 열띠게 박수를 쳤다. 로미가 먼저 입을 열었다. 로미는 프롬프터에 나오는 대로 대사를 읽었다.

"건강체 여러분 반갑습니다. 하루를 쪼개 부지런히 활동하는 여러분에게 존경과 감사를 표합니다. 건강체 여러분의 활동은 이 세계를 움직이게 합니다. 세계정부는 그 점을 항상 기억하고자 합니다. 팬데믹이라는 전지구적인 어려움 속에서 선대 건강체들의 노동과 기여가 없었더라면 우리가 누리는 모든 것은 가능하지 않았을지도 모릅니다. 어쩌면 저와 크리는 태어나지 않았을 수도 있었습니다."

'태어나지 못했을 수도 있다'는 말에 청중은 숙연해졌다. 로미는 계속에서 대사를 읊었다.

"그런 의미에서 우리는 앞선 세대에게 감사와 책임감을 동시에 느낍니다. 우리에게 주어진 과제가 너무도 막중합니다. 지구와 인류의 상황을 생각하면 낙관과 희망에서 멀어지는 것만 같습니다. 인류가 생존하기 위해 선택한 분리정책을 꾸준히 시행하는 것만이 유일한 희망이겠지요. 감염률을 낮추기 위해 시행했던 격리를 확대해 인류는 태양을 기준으로 낮과 밤을 나누어 쓰기로 했습니다. 주간과 야간을 나누어 유전적으로 감염 위험이 높은 사람과 건강한 사람의 접촉을 원천적으로 막기로 한 것입니다. 블루Z 바이러스에 취약하거나 이미 감염된 이들은 잠복체로 관리하고 보호합니다. 잠복체들을 보호하는 일은 우리 건강체들의 의무입니다. 블루Z바이러스 치료를 위한 치료제 개발과 예견되는 팬데믹에 지지 않는 신인류를 만들기 위한 유전자 연구에 힘써야 합니다. 전문적인 연구에는 많은 연구 인력과 예산이 필요합니다. 오늘 연회에 자리해 주신 여러분은 치료제 개발과 유전자 연구에 후원함으로써 건강체 시민으로서 의무를 다할 수 있습니다."

로미의 환영사가 끝나자 기다렸다는 듯이 큰 박수와 환호성이 터져 나왔다. 로미의 역할은 여기까지였다. 이제 크리가 나설 차례였다.

로미는 바통을 넘긴다는 의미로 크리를 보며 마음으로 말을 건넸다.

'당신 차례예요.'

그러나 크리는 로미와 눈을 맞추지 않았다. 어딘가를 응시하는 듯 앞만 보았다.

23

스탠드 마이크 앞에 선 크리는 말이 없었다. 청중은 정적을 참지 못하겠다는 듯이 환호성을 질렀다. 마침내 크리가 입을 열었다.

"여러분은 건강체입니다."

크리가 마이크에 대고 말을 시작한 순간, 로미는 크리를 쳐다보았다. 크리가 프롬프터에 나오는 대사와는 다르게 말하고 있었기 때문이다. 예정에 없던 대사였다. 로미는 크리가 무슨 생각을 하고 있는지 알 수 없었다.

크리의 환영사는 계속되었다.

"여러분은 아마 단 한 번도 잠복체의 삶을 생각해 본 적이 없을 겁니다. 저 또한 그랬으니까요. 나와 다르게 사는 사람들을 생각해 보지 않았습니다. 다른 삶을 알지도 못했고요."

크리의 말에 귀를 기울이던 라키바움도 뭔가 잘못되었음을 알아차렸다.

"지금 여러분의 발밑, 타워의 지하에는 17층으로 이루어진 생츄어리가 있습니다. 그곳에는 잠복체들이 살고 있습니다. 세계정부와 프레지덩은 분리정책이 잠복체들을 관리하고 보호한다고 말해 왔습니다. 저는 그 관리하고 보호한다는 말의 의미를 누구보다 잘 알고 있습니다."

지켜보다 못한 라키바움이 무대 앞으로 나와 크리의 팔을 붙잡았다.

"크리, 지금 무슨 말을……."

모두가 보는 앞에서 라키바움은 크리의 팔을 거칠게 잡아끌었다. 하지만 크리는 멈추지 않았다.

"왜냐하면 나는 그곳에서 왔거든."

건강체들이 술렁거렸다. 지금까지는 웃음소리와 기침 소리까지 신경 쓰던 사람들이 정제되지 않은 목소리를 내기 시작했다. 분위기가 험악해지고 있었다.

"그게 무슨 말이죠? 생츄어리에 다녀왔다는 말인가요?"

"소독은 하고 온 겁니까?"

"감염 위험이 있는 아이가 연회에 와도 되는 건가요?"

"이게 다 무슨 일입니까?"

사람들이 프레지덩을 향해 소리쳤다. 모두 질문을 하고 있었지만 실제로는 비난에 가까웠다. 분위기가 급변했지만 크리는 얼굴색 하나 변하지 않고 말을 이었다.

"보여 줄까? 원래 내 피부색을?"

크리는 목에 걸고 있던 홀로그램 목걸이를 벗어 던졌다. 순식간에 분홍빛이 사라지고 파란 반점으로 뒤덮인 얼굴이 드러났다.

"아아악!"

크리가 원래 피부색으로 돌아가자마자 연회장은 비명으로 가득 찼다. 그것도 잠깐이었다. 소리를 질러 대던 사람들은 너나없이 출입구를 향해 달리기 시작했다.

무대에서 사람들을 내려다보던 크리는 옆에 있던 라키바움의 손을 꽉 잡았다. 그리고 눈을 감았다.

'라키바움, 이곳의 모든 문을 닫아.'

라키바움은 머릿속으로 크리의 목소리를 들었다.

"드디어 파드가 완전히 깨어났구나."

크리의 파드는 금이 간 댐이 무너진 것처럼 완전히 터져 버렸다. 갇혀 있던 물은 엄청나게 빠른 속도로 쏟아져 나오기 시작했다. 이제 그 쏟아져 나오는 물을 막을 수 있는 사람은 아무도 없었다.

라키바움은 크리의 말에 저항할 수 없었다. 그것은 명령과 같았다. 크리의 목소리는 컴퓨터를 작동시키는 프로그램 언어처럼 그대로 수행해야 하는 어떤 것이었다.

라키바움은 크리가 시키는 대로 하이타워의 모든 문을 닫았다. 탈출하려던 사람들은 코앞에서 문이 닫히자 비명을 지르며 좌절했다.

갑작스럽게 일어난 상황에 넋을 놓고 있던 프레지덩이 겨우 정신을 붙잡았다. 프레지덩은 라키바움을 조종하는 것이 크리라는 것을 알 수 있었다. 프레지덩은 얼굴을 붉히며 라키바움에게 명령했다.

"당장 문을 열어, 라키바움!"

하지만 라키바움도 어쩔 수 없었다. 지금 라키바움은 자신의 의지대로 타워의 중앙컴퓨터를 작동시킬 수 없었다. 원래 라키바움은 프레지덩의 명령에 최우선으로 반응하고 수행하도록 프로그램이 되어 있었지만 상황이 달라졌다. 라키바움이라는 타워의 열쇠는 이제 크리 손에 쥐어졌다.

이제야 프레지덩은 깨달았다. 얼마 전 생츄어리 세탁 작업장에서 일어난 소동, 그날 모니터에서 본 잠복체 여자아이, 하얀 섬광과 멈춰진 기계들……. 프레지덩은 청소되었어야 한 그 여자아이가 크리라는 사실을 깨달았다.

"허튼 짓 그만둬!"

프레지덩은 크리가 그래 봐야 어린아이에 불과하다고 생각했다. 지금껏 자신에게 감히 도전하는 사람이 없었기 때문이다.

프레지덩은 크리의 뺨을 세게 내리쳤다. 크리의 얼굴에 빨간 손자국이 남았다. 크리는 프레지덩을 올려다보았다. 프레지덩은 크리의 눈빛에 더 화가 나서 이를 악물고 다시 한번 손을 치켜들었다. 이번에는 프레지덩이 내려치기 전에 크리가 그의 팔을 붙잡았다. 어린아이의 힘이라고 믿기지 않을 만큼 악력이 셌다. 프레지덩은 벗어나려 했지만 그럴 수 없었다. 프레지덩의 벌게진 얼굴이 전 세계로 생중계되고 있었다.

"이, 이, 이게 무, 무슨……."

프레지덩의 경호원들은 그제야 위험을 자각했다. 크리가 힘을 쓰기 전까지 그들도 크리가 해를 가할 수 있으리라고는 상상하지 못했다. 경호원들은 크리와 프레지덩 주위를 둘러쌌다.

"그 손 놓지 못해!"

경호원은 일 미터도 떨어지지 않은 곳에서 권총으로 크리의 관자놀이를 겨누었다.

"당장 뒤로 물러서. 경고한다. 그렇지 않으면 쏜다!"

발포 경고에도 크리는 얼굴색 하나 변하지 않았다. 오히려 그들을 비웃었다.

"왜 이렇게 성급한 거야. 내 말을 끝까지 들어. 당신들이 알아야 할 것들이 아직 많이 남았다고."

순간, 경호원들은 손목을 강하게 조여 오는 알 수 없는 힘에 꼼짝할 수 없었다. 거대한 기계가 팔 전체를 비트는 것 같았다.

"악!"

경호원들은 비명을 질러 댔고 급기야 들고 있던 권총을 떨어뜨렸다. 그중 한 경호원이 고통을 참으며 크리에게 접근했다.

"그 노력은 인정할게."

크리는 경호원의 눈을 보며 말했다.

"하지만 지금 나를 방해하는 건 실수야."

크리의 말이 끝나기 무섭게 경호원의 몸이 하늘로 떠오르더니 연회장의 유리벽으로 날아가 붙었다. 그 모습은 마치 엄청나게 커다란 자석에 끌려가는 것처럼 보였다.

다른 경호원들도 마찬가지였다. 사방으로 날아가 유리벽에 붙어 버렸다. 내동댕이쳐지며 권총을 발사한 경호원도 있었지만 총알은 다행히 허공에 발사되었다. 그 경호원은 곧 크리에 의해 손목이 비틀려 권총을 떨어뜨리고 말았다.

총소리가 나자 사람들은 머리를 감싸며 전부 바닥에 엎드렸다. 숨죽여 흐느끼는 소리가 여기저기서 들려왔다.

크리가 자신을 둘러싼 경호원들을 하나둘씩 상대하는 사이, 프레지덩은 자기 옆에 있던 경호원의 권총을 빼앗아 크리의 눈을 피해 라키바움에게 다가갔다. 한 손으로는 라키바움의 어깨를 감싸 안았고, 다른 한 손으로는 라키바움의 턱 밑에 총구를 가져다 댔다.

"여길 보는 게 좋을 거야!"

크리가 고개를 돌리자 프레지덩은 기회를 잡았다는 듯이 비열하게 웃었다. 라키바움은 숨을 죽였다.

"네가 무슨 잔재주를 부리는지 모르겠지만, 이제 타워의 열쇠는 내 손에 있어. 무슨 뜻인지 너도 잘 알겠지? 라키바움이 없으면 너는 아무것도 아니라고. 그러니까 포기하고 어서 문을 열어!"

아직 경호원이 두 명 더 남아 있었다. 두 경호원은 프레지덩에게 밀착해 자신의 임무를 다했다. 프레지덩은 라키바움을 인질로 삼아 조금씩 뒷걸음질해 출입구 쪽으로 이동했다.

"그게 당신이 할 수 있는 최선이야? 건강체들의 대표라는 사람이 자기만 살겠다고 인질을 잡고 협박하는 꼴이라니."

크리는 프레지덩의 위협에 조금도 위축되지 않았다.

"그리고 당신이야말로 라키바움을 잃고 싶지 않을 텐데? 타워의 인간 열쇠는 라키바움 하나뿐이잖아."

크리는 로미를 바라보았다.

"이건 어때? 공평하게 하자고."

크리가 로미를 데려오겠다고 생각하자 생각한 대로 보이지 않는 손이 로미를 크리 옆으로 데려왔다. 사람들의 눈에는 로미가 순간이동을 한 것처럼 보였다.

크리는 로미의 어깨를 감싸 안았다. 그리고 손을 휘저어 프레지덩을 지키고 서 있던 경호원들을 한 명씩 벽으로 날려 버렸다. 크리는 한쪽 바닥에 떨어져 있던 권총을 염력을 이용해 잡았고, 프레지덩이 그랬듯이 총구를 로미의 턱 밑에 겨누었다.

"미안해. 나를 좀 도와줘."

크리는 로미의 귀에 대고 속삭였다.

"당신의 하나뿐인 후계자야. 이제 균형이 맞지? 이제 다들 준비가 된 것 같네. 당신들 모두와 함께 감상할 게 있어. 세상이 알 수 있도록 보여 줘, 라키바움."

이번에도 라키바움은 저항할 수 없었다. 크리의 명령은 너무도 손쉽게 라키바움 안에서 실행되었다. 라키바움이 타워의 중앙컴퓨터에 접속해 영상을 전송하자 연회장의 대형 스크린 위로 지하 실험실의 장면들이 재생되었다.

살풍경한 실험실과 그곳에 감금된 잠복체들, 눈이 푹 꺼진 죽음 직전의 실험체들, 그리고 숨이 끊어지는 순간까지 비인간적으로 이용당한 실험체들이 무자비하게 살처분되는 장면까지. 영상은 거침없이 진실을 전달했다. 영상이 끝나자 스크린은 하얗게 변했다. 잠시 후 다른 영상이 계속되었다.

이번 영상은 생츄어리였다. 모두 똑같은 옷을 입고, 똑같은 시간에 일어나고, 노동하고, 잠드는 잠복체들의 생활이 다큐멘터리 영화처럼 이어졌다.

영상을 보는 건강체들의 반응은 제각각이었다. 누군가는 지금껏 알지 못한 진실에 충격을 받았고, 또 누군가는 무엇이 문제인지 모르겠다는 표정을 지었다.

"온 세상이 보게 해 줘, 라키바움."

현장에 있던 카메라는 대형 스크린에 나오는 모든 장면을 전 세계에 생중계했다.

"그만둬, 라키바움!"

프레지덩 외침에도 영상은 계속되었다.

"내 말 들어! 넌 내 소유물이야. 그렇게 설계됐다고!"

프레지덩은 권총을 든 손을 흔들어 대며 발악했다.

"라키바움, 난 지금이라도 널 끝장낼 수 있어!"

겁에 질려 있던 라키바움은 자기 눈을 의심했다. 크리가 공중으로 손을 뻗자 프레지덩은 목이 졸린 사람처럼 얼굴이 벌게지며 켁켁거리기 시작한 것이었다.

프레지덩은 라키바움에게서 떨어져 나와 넥타이와 셔츠 단추를 풀려고 버둥거렸다. 프레지덩의 몸은 점점 공중으로 떠올랐다. 보이지 않는 손이 프레지덩의 목을 조른 채 위로, 더 위로 들어올렸다. 그리고 하이타워 전망대 위로 휙 하고 날려 버렸다.

프레지덩은 전망대에 달린 장식에 뒷덜미가 걸린 채 매달렸다. 공중에 겨우 매달린 꼴이었다. 프레지덩을 올려다보던 사람들은 비명을 질러 댔다.

프레지덩이 매달린 곳은 지상 1층부터 최고층까지 뚫려 있는 실내 전망대였다. 층마다 유리로 된 견고한 벽이 세워져 실내에서는 막힌 공간이었지만 프레지덩이 떠 있는 곳은 그야말로 허공이었다. 크리의 뜻에 따라 프레지덩은 지상 1층까지 자유낙하를 하게 될지도 몰랐다.

"당신은 아무도 못 건드려. 라키바움의 머릿속에 뭘 집어넣었든 간에 라키바움은 당신 것이 아니야. 사람의 몸과 마음을 다른 누가 가질 순 없어. 그런 기본적인 것도 몰라?"

크리의 목소리는 평소와는 비교할 수 없을 정도로 증폭되었다. 목소리가 타워 전체를 울릴 정도였다. 그때 여자 건강체 한 명이 크리에게 무릎걸음으로 다가와 하소연했다. 얼굴이 눈물 범벅이었다.

"원하는 게 뭐죠? 나는 아이가 있어요. 우리한테 이러지 말아요. 당신의 복수를 위해 우리를 희생할 건가요? 우린 잘못이 없다고요."

"잘못이 없다고?"

크리는 여자의 말에 화가 치밀어 올랐다. 크리 안에서 무언가 커다란 덩어리 같은 것이 입에서 뿜어져 나오는 듯했다.

"잘 들어. 우리가 몇십 년을 땅속에 갇혀 사는 동안 너희 건강체들은 지상에서 모든 것을 누리며 살았어. 우리한테 박탈한 모든 것을 누리면서 말이지. 우리는 태양이 뭔지도 몰라. 죽을 때까지 햇빛을 보지 못하니까. 해가 지면 노역을 하고 해가 뜨면 억지로 잠이 들지. 우린 사람으로 대우받지 못해. 그런데 당신들은 어땠지? 우리의 노동, 우리의 시간까지 갈아서 모두 가져갔어. 이 모든 걸 정말 몰랐다고 말하는 거야? 그럴 리가. 몰랐다면 그건 모르고 싶었던 거야."

크리의 목소리가 날카롭게 내리꽂혔다.

"그게 다가 아니야. 당신들은 우리를 대상으로 마음대로 생체 실험을 하고, 죽이고……. 그런데 내가 왜 건강체들에게 동정심을 가져야 한다는 거야?"

크리에게 하소연하던 건강체 여자는 바닥에 납작 엎드려 몸을 떨었다. 크리는 겁에 질린 건강체들에게 다가갔다.

"분리정책이 정말 인류를 구할 거라고 믿어? 너희들, 건강체를 구하겠지. 잠복체를 생츄어리에 감금하는 것이 서로의 안전을 위해서라고들 하지. 거짓말. 잠복체는 너희들을 위한 노동력 제공과 치료제 개발, 그리고 유전자 연구를 위해 가둬 두는 거야. 건강체들에게 우리는 실험용 쥐니까."

크리는 스크린 속 생츄어리를 가리키며 말했다.

"이것이 당신들이 말하는 안전한 세계의 본모습이야. 아, 한 가지 더 있지. 난 내 피부가 원래 파란색인 줄 알았어. 그런데 알게 되었어. 이것도 당신들의 선물이었다는 걸. 수면반에서 나오는 블루광선이 우리가 잠든 사이 우리를 파랗게 만들어 준 것이더군. 잠복체라는 것에 파랗게, 도장을 찍고 싶었던 거지."

크리는 라키바움에게 또 한 번 명령했다. 그러자 연회장 조명에서 블루광선이 쏟아져 나오기 시작했다.

"너희도 곧 파란 피부를 갖게 될 거야. 기대해."

크리의 말에 건강체들은 공황 상태에 빠졌다. 그들은 소용없다는 것을 알면서 굳게 닫힌 출입문 앞으로 몰려들었다. 일찍이 도망가기를 포기한 이들은 엎드려 얼굴을 바닥에 묻었다. 모두가 공포에 질려 절규했다. 지금껏 건강체 사회에서 볼 수 없던 풍경이었다.

로미는 고통스러운 얼굴로 크리를 바라보았다.

"꼭 이렇게까지 해야 하나요?"

로미가 말했다. 크리는 가슴이 아팠다. 로미의 말이 자신과 로미 사이의 거리를 확인시켜 주었기 때문이다. 두 사람은 애초부터 서 있는 자리가 달랐던 것이다.

크리는 지하 실험실에서 로미에 관한 진실을 목격했다.

지하 실험실에서는 인간복제를 위한 실험이 행해지고 있었다. 거대한 육성실은 로미가 태어난 곳이기도 했다. 그곳에서는 인간 배아 수천 개가 분화되었다. 로미와 유전적으로 동일한 수많은 생명이 그곳에서 세포 단위로 살아 있었다.

로미는 그중에서 유일하게 태아로 성장한 케이스였다. 하지만 실험이 계속된다면 로미는 유일한 존재가 아니게 될 것이었다.

실제로 로미는 프레지덩의 생물학적 아들이 아니었다. 로미는 수많은 대상의 다양한 유전적 특질 중 장점만을 인공적으로 재배열해 만들어진 유전자 실험체였다.

로미는 그 누구의 아이도 아니었다. 말하자면 실험실의 아이였다. 지금 이 순간에도 수백, 수천 세트씩 생산되어 실험 중인 인간 배아였다.

크리는 지하 실험실이 타워의 심장이자 미래라는 것을 알아 버렸다.

'로미……'

크리는 아무 말 없이 로미를 끌어안았다. 로미의 뺨이 크리의 뺨에 닿았다. 로미도 두 팔로 크리를 껴안았다.

"미안해. 많이 아플 거야."

크리는 두 손으로 로미의 관자놀이를 감싸고 눈을 감았다. 자신이 지하 실험실에서 알게 된 것을 로미에게 전해 주려는 것이었다. 말이 아니라 이미지로 각인된 것을 그대로 로미에게 전송했다.

"아파도 진실을 봐. 이제 눈을 떠야 할 때야."

24

로미는 크리에게 안긴 채로 정신을 잃은 듯 보였다. 크리가 보여 주려던 진실이 로미에게 전송되기까지 고작 몇 초밖에 걸리지 않았다. 그 진실은 로미의 생이 끝날 때까지 영향을 미칠 것이다.

로미는 온몸의 힘이 모두 빠져 버렸다. 창백한 얼굴에 드리운 곱슬머리가 눈물에 젖어 있었다. 크리는 로미가 받았을 충격과 슬픔에 가슴이 아팠다.

"지금이라서 미안해."

크리는 로미를 무대 한 켠에 조심스레 눕혔다. 로미가 깨어나 회복하기까지 시간이 필요했다.

라키바움이 크리에게 다가왔다.

"아직 넌 파드를 쓸 준비가 안 됐어. 이런 식으로는 아니야."

라키바움은 크리의 팔을 붙잡으려 했지만 크리는 뒷걸음질해 라키바움에게서 멀어졌다.

"네 힘은 위험해. 지금이라도 멈춰야 해. 사람들이 죽을 수도 있어. 파드를 그렇게 쓰지 마."

"왜 안 되는데? 저들은 할리 아줌마를 죽였어. 그런데 왜 안 된다는 거야?"

"……."

"대답 못 하잖아. 당신이 우리 고통을 알아!"

크리가 공중을 향해 소리를 지르자 크리의 몸에서 날카로운 하얀 섬광이 뿜어져 나왔다. 눈을 뜰 수 없을 만큼 강한 빛이었다. 라키바움은 포기하지 않았다. 한쪽 팔로 눈을 가린 채 더딘 걸음으로 크리에게 다가갔다.

라키바움은 크리가 뿜어내는 빛 속으로 천천히 팔을 집어넣었다. 칼날이 피부에 스치는 것처럼 고통스러웠지만 라키바움은 물러서지 않았다. 마침내 크리의 손을 잡은 라키바움은 크리의 손을 당겨 자신의 왼쪽 가슴에 가져다 대었다. 크리에게 자신의 온기와 자기가 견뎌 온 아픔이 전해지기를 바라며 고통을 견뎠다.

크리는 라키바움의 심장 박동을 느꼈다. 차츰 하얀 섬광이 사그라들었다.

크리는 손끝으로 전해지는 고통의 이미지에 집중했다. 살아 있는 순간순간이 절망이고 공포였던 라키바움의 모든 시간을 읽었다.

크리는 눈을 뜨는 순간 라키바움과 눈이 마주쳤다. 크리의 눈에 환영이 비쳤다. 순간적으로 라키바움이 썩어 가는 시체처럼 보였다. 어린 라키바움에게 가혹한 수술을 가했던 자들의 얼굴도 보였다. 그중 가장 크고 뚜렷하게 떠오른 얼굴은, 바로 프레지덩이었다.

"죽어!"

크리는 보이지 않는 손으로 프레지덩을 휘어잡았고 공중에서 이리저리 휘둘렀다. 프레지덩은 무력하게 비명을 질러 댔다.

'탕! 탕! 탕!'

그때였다. 크고 날카로운 소리가 연이어 연회장에 울려 퍼졌다. 크리는 뜨거운 기운을 느꼈다. 크리의 한쪽 다리에 선명한 핏줄기들이 흘러내리고 있었다. 공중에서 프레지덩이 마구잡이로 쏜 권총에 크리의 허벅지가 빗맞은 것이었다.

"크리!"

라키바움이 크리를 부르짖었다. 크리는 휘청이더니 주저앉고 말았다. 그와 동시에 공중에서 버둥거리던 프레지덩은 타워 아래로 추락했다. 그의 마지막 순간조차 가늠할 수 없었다. 연회장의 건강체들은 그 모습을 지켜보며 비명이 터져 나오는 입을 틀어막았다.

그 사이 블루광선이 건강체들의 피부색을 조금씩 바꾸어 놓았다. 건강체들은 파란빛이 돌기 시작한 서로의 얼굴을 보면서 경악

했다.

라키바움은 크리를 보며 주문을 외우듯 말했다.

"괜찮을 거야. 괜찮을 거야."

"괜찮아. 안 죽어. 난 알아."

크리는 라키바움의 손을 잡고 눈을 맞추었다.

"당신 머릿속에 있는 컴퓨터를 없애 버리자."

"그렇게 단순하지 않아."

"그럼 중앙컴퓨터를 없애자. 더 이상 누구도 당신을 마음대로 조종할 수 없게 해야지."

라키바움은 확신할 수 없었다. 그렇게 한다고 자신이 자유로워질 수 있을까 싶었다. 한편으로는 자유로워질 수 있다는 희망이 들기도 했다. 라키바움은 터무니없이 웃음이 나왔다. 웃음과 눈물이 한꺼번에 터져 나왔다.

에필로그

건조한 바람이 불어와 흙먼지와 재가 날렸다. 공기가 매캐했지만 크리는 바깥 공기가 그저 달고 신선하게 느껴졌다.

내가 타워를 무너뜨린 것인가?
속부터 썩은 타워가 스스로 무너진 것인가?

크리는 생각했다.
여기저기에서 크리를 부르는 목소리들이 들려왔다. 라키바움과 로미는 크리에게 의지한 채 거의 기절한 상태였다. 그러니까 크리를 부른 목소리의 주인은 두 사람이 아니었다. 그렇다면 이 집요한 울부짖음은 누구의 것일까.

죽은 자들의 목소리야.

아무도 가르쳐 주지 않았지만 크리는 앞으로 자신이 어떤 길을 가야 할지 알 수 있었다. 그 길에는 차마 알고 싶지 않았던 고통스러운 진실도 있을 터였다.
하지만 그 길이 외롭지만은 않을 것이다. 이제 크리가 지켜야 할 목숨이 두 개 더 늘었기 때문이다. 오른쪽과 왼쪽에 하나씩. 로미, 그리고 라키바움.

살자. 살아야겠다. 두 사람을 위해 나는 살아야겠다.

타워의 상층부는 완전히 무너져 내렸다. 중앙컴퓨터가 있는 중앙 관리실에서 일어난 폭발이 원인이었다. 중앙컴퓨터가 사라지자 폭발과 함께 전자 신경계를 지닌 유기체와 같았던 타워는 커다란 콘크리트 덩어리가 되었다.

폭발이 있기 전 라키바움이 비상 시스템을 가동하면서 타워 전체에 경고음이 울렸다. 덕분에 상층부의 건강체 대부분은 무사히 타워에서 탈출할 수 있었다.

그와 함께 생츄어리의 시스템도 해체되었다. 수면반에 잠들어 있던 잠복체들은 일제히 깨어났다. 폭발의 충격으로 타워를 제어하는 모든 시스템이 고장 나자 잠겨 있던 출입문이 자동으로 열렸고 잠복체들은 생츄어리를 벗어날 수 있었다. 지하 실험실도 마찬가지였다.

잠복체들은 하나둘씩 타워 밖으로 빠져나왔다. 그들은 처음으로 태양 아래로 섰고, 눈이 부셔하면서도 꿋꿋이 태양을 올려다보았다. 잠복체와 건강체 들은 그렇게 같은 하늘 아래서 구분 없이 뒤섞였다.

크리와 로미, 그리고 라키바움 세 사람은 한 몸이 되어 간신히 한 발자국씩 타워에서 멀어져 갔다. 곧 태양이 모습을 감추고 어둠이 내려앉을 것이었다. 수면 알림도 기상 알림도 없는 첫 번째 밤이 세 사람을 기다리고 있었다.

타워 바깥의 세상, 전혀 알지 못하는 또 다른 시간 속으로 세 사람은 느리게 걸어 들어갔다.

작가의 말

모든 사람에게는 자기를 보호하려는 본능이 있습니다. 그래서 많은 좀비 이야기는 극한 상황에 처한 인간의 생존 본능에 대한 은유로 그려집니다.

저는 이러한 좀비물의 설정을 조금 비틀어 보고 싶었습니다.

좀비가 하나의 질병(바이러스)이 되는 세상을 상상해 보았습니다. 유전적으로 좀비라는 바이러스에 취약하다면, 그래서 좀비화되는 증상이 나타나지 않아도 좀비로 낙인찍혀 사회에서 배제된다면 어떨까 하고요.

《태양의 아이, 크리》는 8년 전 품었던 그 상상에서 시작되었습니다. 책이 나오는 시점이 코로나19 팬데믹 시기라는 것은 우연이었습니다. 책에 나오는 블루Z바이러스, 건강체, 잠복체 같은 말이 현실에서 확진자, 직접 접촉자, 백신 등으로 일상적으로 쓰이고 있습니다.

물론 현실이 좀비 영화 같지는 않습니다. 그러나 엄밀히 말하면 때로 현실은 영화보다 더 살벌하고 잔인하기도 합니다. 우리는 한 사람으로서 학교, 직장, 사회 등 공동체 안에서 누군가에게 직간접적으로 상처를 줄 때가 있습니다. 물리적인 폭력뿐만 아니라, 말이라는 칼이 누군가를 죽음으로 내몰기도 합니다.

인종, 종교, 젠더, 문화, 정치 등. 오늘날 자신과 같지 않다는 이유로 차별과 혐오에서 비롯되는 크고 작은 사건들이 사회 곳곳에서 숱하게 일어나고 있습니다. 그 어떤 폭력도 합리화될 수 없는

데도 말입니다.

보통의 좀비물이 혼자 살아남을 방법을 찾으라는 각자도생을 보여 준다면, 저는 《태양의 아이, 크리》로 정반대의 이야기를 들려주고 싶었습니다. 타워의 부조리를 깨부수는 크리의 활약상을 통해 모두가 함께할 수 있는 세상, 기울어지지 않은 운동장이 가능하다는 것을 보여 주고자 했습니다.

이야기에 부족함이 있다면 이야기꾼이 능숙하지 못하기 때문입니다. 그러나 크리가 금지된 태양을 향해 지하에서 박차고 나오기를 바라는 저의 마음은 그 누구보다 순도가 높습니다. 그 마음만큼은 여러분께 전해지면 좋겠습니다.

이 책이 세상에 나올 수 있게 해 주신 다른출판사의 모든 직원분들께 감사드립니다. 우리는 서로의 노동에 기대어 살지만 이번에 저는 특히 여러분의 노동에 빚을 집니다. 고맙습니다.

2021년 4월

일요

오늘의
청소년
문학
31

태양의 아이, 크리

초판 1쇄 2021년 4월 30일

지은이   일요

펴낸이   김한청
기획편집 원경은 박윤아 차언조 양희우
마케팅   최지애 설채린 권희
디자인   이성아
경영전략 최원준

펴낸곳   도서출판 다른
출판등록 2004년 9월 2일 제2013-000194호
주소   서울시 마포구 동교로27길 3-12 N빌딩 2층
전화   02-3143-6478 **팩스** 02-3143-6479 **이메일** khc15968@hanmail.net
블로그   blog.naver.com/darun_pub **페이스북** /darunpublishers

ISBN   979-11-5633-393-7 44810
         978-89-92711-57-9 (세트)